わが子の頬に

魂の詩人・竹内てるよの生涯

竹内てるよ

たま出版

竹内てるよ先生の思い出

たま出版社長　韮澤潤一郎

このたびスイスのバーゼルで開かれた、国際児童図書評議会の創立五十周年記念大会で、皇后様が大会名誉総裁として、なめらかな英語でスピーチをされた映像がニュースで流れました。翌日の新聞にその全文が掲載されていたのを私の家内が読んでいて、そこで朗読された「頬」という詩の一節にいたく感動し、作者の本が読みたいと言い出しました。竹内てるよという名前を聞いて、それはかつて私が編集した本の中にあるかも知れないと思いました。それがこの本です。

初版は、昭和五十三年八月に出て、その後だいぶ版を重ねましたが、十年ほど前に品切れとなったままでした。当時詩集は何冊か出ていたようですが、深い精神的体験に及んだ本は弊社のシリーズだけだったようです。非常に特異な人生を歩まれたことから、他社からは出版できなかったのでしょう。この本が出た後、二冊目に挑戦されていた頃、よく会社に訪ねてこられ、私が車で案内させていただいたことを思い出します。

隣の席に座られ、いろんなことをお話になるのですが、私が今でも印象に残っているのは、七十代でおられながら、なんだか二十歳くらいの娘さんと話をしているような感じなのです。それでいて、大きなダルマさんか観音様みたいな存在感があるのです。具体的に表現するのは難しいのですが、非常に魅力的な人でした。今でもお会いしたいと思いますが、昨年亡くなられたことが新聞で報道されていました。それまでは、来ていた沢山のファンレターを、身を寄せておられた新潟の知人のお宅へそのたびに回送したものです。もう九十六歳ということですから、使命を果たされ、そこから天国に行かれたのでしょう。

今回の復刻は、皇后様が飢餓内乱地帯の恵まれない子供たちへの、福祉の充実を祈念して講演されたその御意志にそって、引用された詩の作者の生き方を伝えるために、修正を加えず、活版の版をそのまま印刷させていただきます。多少不適切な表現や文字のかすれがありますが、著者の思いをそのまま表現したものとして、ご容赦のほどお願い申し上げます。

平成十四年十月三日

※本書は、旧版タイトル『因縁霊の不思議』を改題復刻したものです。

まえがき

この書を不幸なりし私の生母に捧げる。

私は、何の故にかインカの神よりつかわされた。そして、死者の因縁と取り組むことこそ、私の使命であり、私は老年を迎えてその使命に立つ。

医学第一、因縁第二。人間の全き生涯を守らんがために、私をして生命を献ぜしめ、その苦悩のために私を舞はしめよ。

死者、この生きたるもののために働かしめよ。ふるさと、あの岩の洞にかえる日まで——光の明るい国に……。

目次

第一章　使　命

母はいずこに

思いもかけないきっかけで、思いもかけない世界に入ってくるものです。

貧しい才智を使って、文筆一本で世すぎをしてゆくとばかり考えていたところ、ふとしたきっかけで、違った世界に入り、その世界で、多くの新しいものをつかむということがあるものです。

この世界は、さながら富士山の風穴の世界のようなものでして、あるところまでは光が届き、それから先は、全くの闇で、そしてその闇は、一体、どこまでつづくのか、また、どうなっているのかも不明です。

なぜまた、一体、私は風穴の世界に入ってきたものでありましょうか。少しその説明をしなければなりません。

私はこの世界を、ずっと前、生まれる前から知っていました。

どうか、笑わないで、この世界の話をきいて下さい。

ある日、私は、深い岩屋の中にいました。その岩屋は、重くかさなった岩石の間にあり、外光が全く入らず、暗い、幾分か湿った、しかし、静かな、たたずまいでした。

平たい岩石の上には、暖い陽の中で、体格のよい、女の神さまが腰をかけておいでになり、私はまだ赤ん坊で、その女の神さまのおひざの上に、抱かれていました。女神さまは、暖い手の平で、私を愛撫されて、私にお言葉をかけて下さいました。静かで、やわらかい声音でした。

「あなたは、遠い国へ、私の使者として、ゆくものであります。そこで、あなたは、一つの大きい使命を果たさなければなりません。そして、私が許すまでは、決して、この国へかえって来てはなりません」

と。

その日が、私のお別れの日であるということは、何故か私に判っていました。

私は、そのお言葉にしたがって、赤ん坊のまま遠いところに旅立つことになっているのでした。

岩屋の外の世界には、明るく陽が当り、男達はみな槍のようなものを持って――これは短槍――何やらにぎやかに、歌をうたっています。

その歌が、私には判るのでした。

歌は次のような歌詞です。

われ〳〵は　女神のために働く
空には風が荒れて
地には　けものがほえる
えい　さ　えい　さ
われ〳〵は女神のために働く

そして輪をかいたそれらの男達は、やがて太陽の下へ走ってゆくのでした。けものたちも、またみんな働いていました。象は、長い鼻で大きな木を巻いて運んでいました。水牛は、水際で、石をささげていました。そして、小鳥達は枝の上でにぎやかにさえずりながら、私の今日の旅立ちを祝ってくれていました。

その日、大きな鷲のような鳥が来て、私を連れて岩屋を飛び立つことになっていました。やわらかな、白い衣が私のために岩の上に広げてありました。

やがて、みんなで別れの宴がはじまり、新しい土地へゆく赤ん坊のことについて女神さまからお話がありました。

かすかな、香りのよい酒のにおいがくすぐるように私の鼻を打ちました。

私は、後になっても、たびたびこの時の白衣が体にまつわる感覚と、うまし酒の香りとを、経験することになります。

幼い私は、それからのことを全く知りません。大きい鳥の足から、海へ下ろされたところで、私の体に、冷たい水がまつわったのを、強く感じたまでのことしか覚えていないのです。

私は、現身《うつしみ》として、北海道札幌に生まれました。私の母は、札幌の花街で、十八歳の半玉さんであったということしか、どんなにさがしても、きき合せても、今日までついに判りません。そして、私は、当時北海道で、判事をしていた祖父に、成育されたのです。

私は、この書で、現身の自分について物語るつもりはさらにありません。この書はどこまでも、私の心霊の歴史の書であって、現身の私が、生母と生き別れであろうと、祖父母の愛を一身に受けて、幸福に成長した人間であろうと、一切関係はないものと考えます。

誠に、おろそかなものではない人間の心霊の歴史では、生も死も、ただ長い歴史の一コマにすぎません。私の母が、現世にて誰とも不明であるにもかかわらず、かくも鮮かに、心霊の生涯を送ることが出来たという私がその証明に他ならないからです、現身のもの、そのはかなきもの、あわれに悲しきもの、これらは私にかかわりがあるものではありません。その心霊の歴史にあっては、私にとって生母は、どこまでも、命の揺り籠に過ぎません。ここにこうして、現身をおいてくれるために、かりそめの縁を結んだものに過ぎないのであります。私は、母がなつかしく、どこの誰かということにも、大層こだわりをもちました。しかし、母は、私にとって、かけがえのない、命であり、今生に私をもたらして、いま、私をして、その使命に苦悩せしめんがため、泣かしめんがため、そして、踊り上って生甲斐たらしめんがための一つの仮の宿にすぎませんでした。母を思うとき、私は心霊の歴史を考えればよろしいのでした。それこそが、私にとって、母であったからです。とはいっても、この実状が私の中ではっきりとし、その使命を、探りあてるまで、私には長い年月がありました。

私が、何もかも理解するまで、私は、汗を流し、涙を流して、苦悩しなくてはならなかったからです。

使命を与えてくれた女神

私は、十七歳の秋から結核にかかり、その時点で、あと二年以上生きられないであろうといわれました。

けれども、病は鎮静し、進行せず、ろくな手当をしないにもかかわらず、私は、死の訪れを迎えることはありませんでした。十八歳の秋のある日、私は当時某雑誌社で働いておりました。

秋のある日、やや頬に冷たい風を感じながら歩いていますと、ふっと目の前が、暗くなりました。その路は、すすきが茂っている東京郊外の細い道でありましたが、みるみる目の前に、岩石の重なった深い洞穴が見えてきました。暖かい大気があたりを包み、やがて私は、赤子のときその膝の上にいた女神さまの前に、ひれ伏していました。女神さまは私に仰ったのです。

「使命を、果たすまでは、死んではなりません。そして、使命が何であるかを、知らねばなりません」

と。私はびっくりして申しました。

「使命とは、何でございましょう？　私には判りません」

「自ら、心身をくだいて、その使命を知るのです。使命は、人に教えてもらうことではありません。自分で知ることです」

その暖かい手が、頭の上に置かれて、私は、はっとして、気がつきました。目を見開くと、あたりは全く見慣れた秋の野原であり、自分はその草の上に、倒れていたことを知りました。

私には新しく、いつもよく心によみがえる赤ん坊の時の、あの深い洞穴の景色が浮かび、使命とは何か、自分には何が使命として与えられているのか、未だ不明であることが痛いほどはっきりと感じられたのでした。

一体使命とは何か、何が私の使命として、存在するのか、全く判りませんでした。

どんなに考えても、私が他の人よりもいささかでも優れているなり、出来るなりということは、文字を書き、文章をつづるということだけでした。

六歳まで、歩行することも出来ず、一年間北海道の札幌の病院に入院していて、やっと歩けるようになったような、虚弱体質の私は女なら誰でもするという、料理も出来ず、裁縫も全く出来ませんでした。

学校はいつも休みがちでしたし、体力や、精根の要ることは、何も出来なかったのですから、使命として、とり立てるべきものは何もなかったのです。

十八年の歳月を考えてみても、何が出来るのであろうか、私は思い悩みました。

未来が見える

ただ、私の身の上に、一つの不思議なことがありました。それは、出来事に対する、予知能力です。

私は、十歳まで祖父が裁判官をしていた、北海道、釧路、厚岸という漁村に育ちました。祖母の話によると、ある時、私がまだろくに口もきけないのに、台所に顔を出した漁師の老人に、海は恐い、波は荒い、今海へ出ては、ひっくりかえって死ぬと、手まねと、まわらぬ舌で、言ったのだそうです。老人は、祖母が、この子が一生懸命に止めている。この子には、時々不思議なことがある。今日は船を出すのは止めた方がよいと言ったのだそうです。しかし、老人は笑って、それに取り合わず、そのまま船を出し、夜になっても帰って来なかったといいます。それからは、天候の心配な時には、判事さんところの嬢ちゃんの首のふり方をみて来いよということになりました。

「明日は大丈夫でしょうか？」

と尋ねられると、私が頷いたり、首を横にふったりする。それで、船を出して、ただいちども、危い目に逢わなかったということです。

ただひとり五助という男は、鼻の先でそれを笑って、赤ん坊の首のふりかたで、生き死にがきまってたまるものかと大笑いして、船を出し、その時晴天だったのが、たちまち大暴風雨になって、七人も死んでしまったのです。それからは私を疑う人がいなくなりました。

この予知能力は、いつも私にあったことで、近親者などは、遠方へ行く時に、きっと安全か不安かを尋ねたもので、みんなは、私のこの予知能力を知っていました。それはそれとして、自分が、いつも心の中に持っていた使命とは何かという疑問と、この力とをつなげたことはありませんでした。

ただし、私のニックネームは、幼い時から「教祖さま」であったことは、私も、私の親しいものもみんな知っております。

私が平凡な女の生活を始めたのは、初発の結核が良くなって、二十歳の年に、世間の普通のお嫁に行った時でした。

娘は、どうしても、二十歳までには、嫁にやらなければならないという、そのころのしきたりで女の意志や、意見などというものは、全く無視されていました。

片づけろという言葉の通りに、ろくに相手をみきわめることもなくて、結婚はすぐにきまり、二十歳の秋には式を終え、私はあるサラリーマンの人のところに嫁として送り込まれたのでした。

考えることは、文学のことばかりであった私にとって、人との協同生活は、全く考えてもみない不思議なものでした。

夫は、優しく、よくしてくれましたが、きまった月給で、生活してゆくことなどは、私にとって何の幸福をもたらしませんでした。せめて、私の一生にとって、夫がしてくれたことは、老年に入っていた祖父母を引きとって、一緒に暮らしてくれたことでした。そこで、私の祖父は、輝かしくもあり、悲しくもあった七十五年の一生を終りました。

祖父をおくり、祖母を、父の家に渡して私と夫とは小さな家を借りて、改めて夫婦の生活を始めました。

夫という人間も、漸く判りかけ、妻という社会的地位も、漸く判りかけた頃、私は身籠り、物凄いつわりに悩まされることになりました。

生死をさまよい地獄へ行く

結婚して三年目のことでした。

食事が、喉を通らないなどというものではなくて、全くもって、水さえろくに入らなくなって、世田谷の家から、新宿の病院まで連れられて行ったことなど、夢うつつでした。そこで入院三か月の間に、ほとんど、意識不明の期間が一か月位あったようです。

体も、精神も半分以上死に近づいていた、そんなある時、私は、強い力に引きずられて、深い山の中を、引き立てられてゆきました。

誰に連れられて行くのか、しばらく判らずにいましたが、やがて私は、自分を連れて行くのが、私の赤ん坊の時膝の上に置いて下さっていたお方であることが判りました。私は従順な心持になって、黙って引立てられてゆきました。

そのお方は、いつもに似ず厳しいお力で私を岩のわきに引きすえ、じっと私の頭を、岩のへりから、下が見えるように、押えておいでになります。

やがて視力がしっかりして来て、何かが見えるようになりました。

絶壁の下は、深い深い穴になっていて、下の方に、火が燃えているのが見えました。穴の中は、幾段にも岩棚になっていて、一番下には、火とすれすれに、もがき苦しんでいる大勢の人間が見えました。手を伸ばして、さらに一段上の岩に届こうとする者、漸く手の先が届いた者、そして、そ

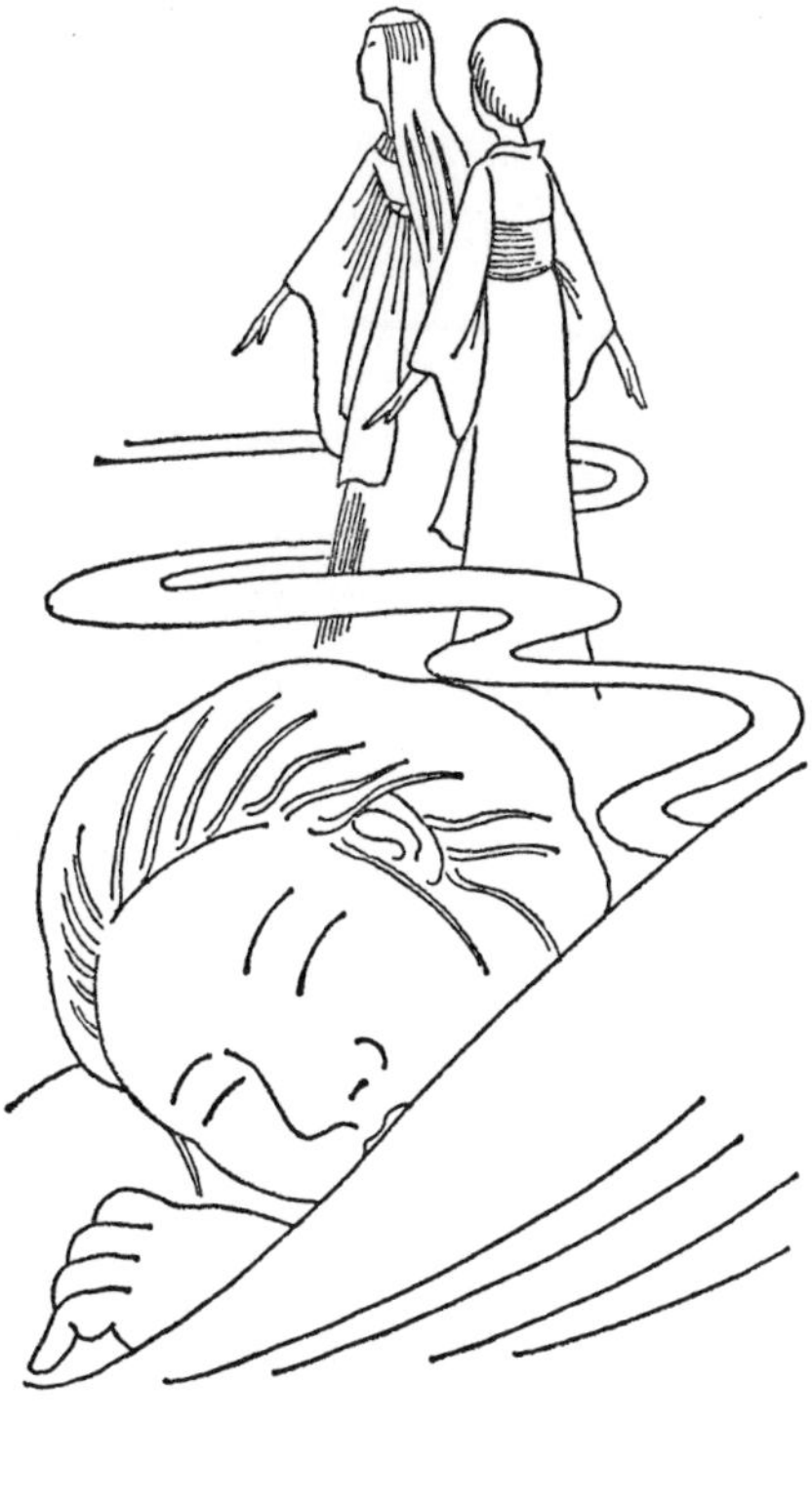

れから私のいる岩の上まで、いくつかの岩棚の上には、それぞれの段にしたがって、大勢の男女がみな立ったり、うずくまったりしていました。一つの棚にいる男女は、全裸であって、それが、男女交合の姿をしていました。それは甘美の世界ではなく、仕置きの姿として、どうしても、離れることの出来ない姿になっていました。あるものは、一生懸命に体を離そうとして、力の限りにもがいていました。あるものは力尽きて、折り重ったまま死んだようになっていました。

「あれを見るがいい、みんなそれぞれの今生の業にしたがって、その心のままの姿をしているのだよ。あの男と女とが、離れることの出来ないのは、心中者のいるところであり、それぞれの業にしたがって、あそこにいるのだよ」

一つの棚の上には、刃物を相手の体にさし込んだまま、どうしてもそれをぬきとることが出来ないでいました。多分、今生で殺人を犯したものでしょう。

水死のままの姿、焼死のまま岩の上にいるもの、事故死のままのもの、それらはみな、手をのべて、水を下さい、水をくれと、叫んでいるようであり、岩からは、ほんの少し、水がしたたるかにみえていながら、それが、各人の口には入らないようです。

「まことの苦しみは、死ぬということではない、生きられずに、死なずにいるということである。死んで無に帰することが出来れば、一番よいことであって、死んでもなお、肉体の生活をひきずっているものをこそ地獄というのである。これらの人々は、いつまでも、こうして、水を、水をといいながら、苦しがっているのだよ」

と、私のあの方は仰いました。私がやり切れなさに、何とか首をねじむけようとすると、あの方は強い力で、私の首をその岩穴の方へ立て直されるのでした。私はどういうわけか、目をつむることも出来ずに、じっと、それらの風景を見せられていました。

やがて私は恐怖のために意識を失い、そして手当をされている状態で、正気にかえりました。

「もう大丈夫でしょう」

という院長先生の声が聞えていました。私は、よみがえり、次第に生命力の戻ってくるのを感じました。

「いく日も、気がつかなかったのですよ」

と、看護婦さんは言っていましたが、私は、いま見て来た世界の恐しさに、いく日もろくに口をきけずにいたようでした。

離婚と子供へのおもい

体が回復して退院し、やがて私は男の子を産みました。結核は再び悪化して、ついに背椎カリエスとなって、その家に三年ギブスをかけて寝ていました。が、とうてい、人の世のサラリーマンの妻の生活をやってゆけないことを自覚して、ついに離婚をしてもらうことに決めました。先方も決め、私も決めたのでした。

子供は男子でしたが、別れるならば、子供が成長して、大人の生活の苦悩を理解しないうちにと思って、私達は協議離婚をしました。健康で、文学などということをいわず、家事万端、よく出来る女性を妻にして下さいということが、私の先方に対する第一条件であったのでした。

子供との生別れの悲しみ、その苦痛はここに書くまでもありません。すべてを越えて、母の愛情の深さと悲しさは、私の一生を支配したからであります。

二十五歳で離婚した私が、文学グループに入って、文筆生活に入ったことは勿論、改めて療養生活のやりなおしをはじめたことは古い友人達の誰もが知っています。

なお、この時点で、私は自分の使命を、むしろ文学の方においていたのかもしれません。そしてその使命をまだはっきりと知っていなかったものです。

文筆生活で、貧しいながらも、女一人生きてゆくことは出来ました。

そしてその生活の中で、ある時私は、胸部の病気が、ひどくなって、とうとう息を引とったことがありました。

夏から秋に入る、九月のある夕刻のことでした。

このとき私は、親しい友人達と、合宿のような生活をしていて、私の病床は、いまでいうアジトのようなものでした。みんなは、それぞれの放浪、自由、寄生、または勤めなど各人パンを得るために忙しく、また、空想し、作品について話し、自分の傑作（?）を見せ合うために、私の病室に集まるのでした。

私は、体は病んでいましたが、頭は、よく使えたので、みんなの連絡や、預かりものや、その他万端の用をいいつかることにしていました。

私の病室に集まる人々の若い、芸術に対する憧れや、純粋な人生観を聞きながら、私は高い熱のある体で、ただひたすらに別れた子供への愛情の苦しさに耐えていました。それは妻子をもたぬ、若い人々の一つの愛の虹の中に、母性愛をもってかけるひと筋の虹の色でした。私とそれらの人々とは、全く違った世界にいるようにみえながら、人間として、同じ線上にいたものでありました。

暗さが心をかすめる時は、しばしば私は、あの断崖の上から見下した世界のことを考え、幼い小さい指の幻に悩まされながら、ある一点では、これらの人々と同じ憧れの中にもいました。

こんな生活の中で、私がこれから書くことが始まったのです。

死んで虚空を漂う

その前日に、烈しい咯血のあった私は、友達が迎えて下さったお医者さまから、これはもう駄目でしょうと宣告されていました。

「あすの夜あたりが峠ですね」

というのが聞えていました。

せっかく自己の革命をなしとげたのに、その山も登らずに、いよいよ終るのかと思うことは、一つの哀しみとなって私を包んでいました。私は、もういよいよ自分に見切りをつける時が来たのだと思いました。そう思うとふと、私は何か、自分に使命があってこの世に来たように感じるのでした。それが何であるか、まだ判らないのでした。

せめては、それを判ってから、死にたいと私は考えるのでした。そして、それは、判りそうでいて、少しもはっきりしないのです。

こんな状態でいた時に、私の出来ごとは起ったのでした。

私は心臓の状態が悪くなり、その夕刻に、息を引きとったのでした。

「御臨終です。五時二十分」

とお医者さまが、時計を、ポケットにはさまれるのを、つむっているはずの私の目がどこかで、はっきりと見ていました。

私の体に変化の起こったのは、そのすぐ後です。手の平が急にもの凄く熱くなり、何か手の中でぐるぐると回ったと思うと、私の体の中から一つの火の固まりが、すーっと手の平から抜けて出てゆきました。手からぬけ出したものは、ちょうど、鴨居の高さに一度止まって、じっと下を見下しました。下には、貧しい固い夜具を着て、私のやせおとろえた身体が横たわっていました。

私から出たものは、友人達——その日は二人です——が泣いている姿を下に見て、その室からふわふわと抜け出しました。

知っている畑のわきの小砂利のある道を通り、丈の高い、櫟の木のやや丈の高い枯葉のついた枝の間をくぐりぬけて、ふわふわと楽しく飛んでゆきました。ちょうど、日の暮れ方の道に、顔見知りのお百姓のお爺さんが孫の手をひいて歩いていました。

私は親愛をこめて挨拶をしたのですが、幼い孫は、

「おじいちゃん、恐いよ」

と、年寄りにかじりついて恐がりました。

年寄りは孫をしっかり抱いて、

「恐くはない、恐くはない、あれは人魂というのだ。誰か近くで死んだ人があるのだよ」

と言っていました。

私は二人に別れて、その道をふらふらと飛んでゆき、やがて麦畑に出て、その麦畑の一軒の百姓家に、裏の方から入ってゆきました。その家の囲炉裏には、あかあかと薪がくべられていて、三人の男の人が、二人は横になって足をあぶり、一人は折った木を持っていました。私はその家の中をゆっくりと抜けて、裏の出入口から外へ出ました。

出る時にそのあたりをみると、小さい棚があり、その上に、霧吹き器が、置いてありました。

後年、起き上れた時、私は、その町へ行ってみました。畑の中の農家もそのままであり、棚の上の霧吹き器は、赤錆びて、やっぱりそこに置いてありました。

魂で飛んで行った時、行き逢ったお百姓の老人には、まだ寝ているときに逢いましたが、私は、いつか、あの櫟の木のある道で、人魂に逢わなかったかと聞くと、

「そうかい、お前さんも見たのかい。あの夜は、何だか、陰気な、寂しい晩だったねえ」

と、言う返事でした。私は、まさかあの時の人魂が、私であったとは、とうとういいそびれてしまいました。

後年、それから三十年を経て、その時、老人の連れていた、よっちゃんという孫は、群馬とかいう方に婿に行って、家庭不和か何かのために、自殺したと聞いたのです。自殺するような不運は、その子についていたもので、人魂を見たこととは何の関りもないことだと考えるのですが――。

たましいの因縁

二十六歳からの療養生活は、文筆で一生を立てるために創作を徹底してやりたいし、またやらねばならない状態でありました。

二十七歳のある日、病気は腸に来ていて、大変に注意されていたにもかかわらず、ただひとりでいた正午、烈しい腸出血をいたしました。もう目も見えない位の弱り方で、夏の暑い日であったた

め、私はこのまま終わってしまっては、友人が見つけてくれる時には、体が腐ってしまっているであろうと自分で感じた位でした。

その時、私は、いつもの女神さまに、体を抱きかかえられ、いずこともなく連れられて、ふわりふわりと飛び立って行きました。女神さまは、歩いておいでなのですが、私の体は、さながら飛び立つように、翅のあるように連れられてゆくのでした。

しばらくゆくと、私と女神さまは、広い野原の上におりました。

あたりは、何ともいえない、すがすがしい香りがしていて、降り立っただけで体の苦しみがなくなりました。

女神さまが、私に言われました。

「見せておく世界は、たくさんありますが、ここは以前に見せた、あの暗い岩穴のところと、まったく違うところです。よく見ておいて、覚えていて下さい。人間は、その人によっては、ここへ来ることが出来ます」

そこで私が、はるかに向こうを見ますと、大きい虹がかかっていて、その虹の向う側に、緑と薄いピンク色の丘が見えました。その緑の丘にもピンク色の丘の上にも、白衣をゆるやかにまとった男や女が、ある人は立ったり、ある人は座ったり、また歩いている人もありました。かたわらにもきれいな水が、さんさんと光って流れていて、いつでも、喉の乾く時には自由に飲むことが出来ます。食べるものもいろいろ積み上げてありまして、いつでも自由に食べればよいのです。争いもなく、悪もなく、ただ健康と、隠やかさと、愛情だけのある世界のようで、立ったり、座ったりしている人々の表情は、実に、美しくやさしいものでありました。

私が、びっくりして、それを眺めていますと、

「この世界に、来ることの出来る人には、それぞれのいわれがあるのです」

と仰りました。

なお、私が尋ねようとしていますと、美しい音楽が聞こえて来て、花が中天にたくさん舞いおりて来て、その花が止まって下へおりてこないのです。

中天に止まっている花の美しさは、何とも口では言えません。花は、ダリアより少し小さくて、花びらが丸く、しべは金色に光っていました。

私はうっとりと、その音楽を聞き花を眺めていました。

女神さまは私をうながして、

「あなたは、いつか、この世界に人間を連れてくるために働く時がきます」

と仰いました。

私には少しもそのわけがわかりません。女神さまと別れて、道を下りかけますと、私はいきなりその崖を踏みはずして、がらがらの石ころ道を、烈しい力で転落しはじめました。

落ちて行ったところは、いつか見た谷の底であって、そこには大勢の人々が、裸でうごめいていました。

言葉にならない敵意のようなもので、じっと私を睨みました。死にたい、死なして下さい、死にさえすれば、助かるのですと、声のない声は言っているのでした。

私が、不審の眼差しで尋ねますと、

「体は、死んだのです。魂が死ぬことが出来ないのでこうしているのです。死んで無に帰りさえすれば、私達は楽になるのです」

と言っているのです。

どうすればいいのですかと、私はまた尋ねました。すると、誰ともなく、声のない声が因縁を切って下さい、因縁のためにこうしているのです、と言っているのでした。

「因縁とは、前生の因縁ですか」

と、私が尋ねますと、

「それは、命の因縁です、命の因縁です」

と、人々は声を揃えて答えました。

私の耳ががーんと鳴って、ああ判らないと思った時、私は、ぽっかりと、目をさましました。

あたりは、私の生活をしていた座敷で、そこに親しい友人が二人座っていました。

「間に合って良かったんだよ、あと三十分というところだったんだよ」

と、お医者さまは注射器を片づけながら、仰いました。

私の喉はすっかり乾いていて、私は、夢中で水を飲みました。その水の美味しさを、今でも忘れないでおります。

この年代にては、私は、まだまことに、愚かな、文学希望者でありました。

心境といえば、別れて来た子供のことだけを考えていて、何とぞ他日、健康を取り戻して、子供と共に生活をしたいという希望より他に、何一つなかったのでした。

死に臨んで見た魂の離反、そして、重症の折々に見せて頂いた、地獄の姿、いま一つ、天国と考えられるもう一つのあの美しい世界のこと、使命があるゆえに、といわれていても、何を使命とするかが十分にのみこめない私でした。

使命を、とあの女神さまが仰ることは、文筆に託して、女の愛情の誠を、書いておくということかもしれない、人間の別離の悲しみを、ありのままに書いておけということかもしれない、と私の心の中では、まだ一つはっきりしないものがありました。その疑いのままに私は、文筆生活にのり出したのです。けれども、私の持っている予知能力はこうした生活の中でも、なかなかみんなの力になったのです。

死の予知

あれは、昭和九年の春のことでした。

なかなか熱が下らないで、うつらうつらとしていた私の家に、時折お豆腐を買う小父《おじ》さんが来ていました。桜はもう終わった頃で、友人達はみなそれぞれの生活や、作品の勉強に忙しくしていてその日は誰も来てくれません。

私一人で床の中にいると、お豆腐屋さんは、台所口に体をのび上らせて、

「今日はいいかい？　あるとき払いでいいからね」

と、念をおしました。

その顔をふとみた私は、三十五歳のこの男のがっしりとした顔の中に、はっきりと死相が出ています。私は申しました。

「小父さん、あなた、危いわ。荷台を下して預けて帰りなさい。あしたとりに来ればいいんだから」

「なぜ、あしたなんだい？」

「その危いというのは、今日だけなのよ。今日がすめば、行ってしまうのだから」

「何だか、判ったようなことをいうねえ。お前さん自分の病気も判らないでいて、それも治せないでいてさ、人の世話やきもいいとこだよ」

そして彼は笑いながら、荷物をかついで行ってしまいました。私はその夕刻、お豆腐屋さんは、あれからすぐ、後部の荷物台が、小田急の電車に触れて、ぐるりと一回転した上で、電車にひかれて亡くなったことを聞きました。私は秘かに、あの声の大きい小父さんの冥福を祈ったのでした。

山へ行った友人がありました。彼の登山はすでに一流であったと言われていました。ある時、彼は、初心者を連れて行くプランを立て、私の友人の一人が、その仲間に入りました。辛かった夏の闘病期間が過ぎて、いつか初秋になったある日、山男のSさんは、私の病室に、友人のKさんを誘うべく、連絡を頼みにみえました。病床の中でその顔をみた私は、はっと胸を打たれたのです。Sさんの顔には、はっきりと死相がかかり、まことに、生と死が紙一重と、それをはっきりと物語っている表情でありました。

「何だか恐いみたい」

と私は言いました。

「何がですか?」

とSさんは言いました。その時、すっと部屋の空気が冷たくなり、二十三、四の細面の色の白い一人の青年が、山の装備のままで入って来て、座っているSさんの後に立ちました。

「Sさん、何だか、いけないものを感じるわ、亡くなった人が、ついているみたい」

と私がいうと、Sさんは笑って

「そうら、教祖さまのくせがはじまりましたね。僕が山で死にそうにみえるのですか」

とからかうのです。私はこっくりと頷いて、そして申しました。

「そうなのよ、みんなはまた、冷かすけれど何だか、今度は不安よ」

「なに大丈夫ですよ、僕はきのうきょう山に登っているのではありません、安心してまかせて下さいね」

と、言いました。私達はそのまま別れたのですが、私は友人のKと連絡のついた時に、言いました。

「とてもSさんは、良くないのよ。止めたらどうかしら、心配だわ」

と言うと、Kさんはしばらく考えていて、

「そうだなあ、僕は、君の教祖さまを信じている方だからね、今度は何とか理由をつけて中止にしよう」

ということでした。Sさんはそれから、もうひとりの初心者を連れて山に行き、はたして遭難して、初心者の人は死にました。その前日、山の友人がSさんの話をすると、私は、Sさんがある山の背のところの下の方に、テントを風雨に吹きさらされ、息も絶え絶えに横たわっている姿が見えました。私がそれを言うと、友人はその絵を描き、山に詳しい人にその場所を質《ただ》しました。みんなは、集まってその場所について討議をして、すぐに、救援の手をのばしました。一日の差で、Sさ

んは助かり、私が示した場所の話をした時Sさんは、

「出る時、教祖さまに――これは私のニックネーム――あまりよくないといわれたんだよ。それを押し切ってやったからね、やっぱりいけなかったんだねえ」

と、凍傷の手を示しながら嘆いたということでした。Kさんは、行かなかったので助かり、以来全く山へ行きたいなどという心持はなくしてしまったようです。

生き別れた生母の最後

私の生活は、そんな中で、詩作を少しずつのばしながら、とにもかくにも生きてゆけるだけに整理がついてゆくのでした。

未整理なのは、生まれてすぐ別れた子供への愛着だけで、私は全く一日中、子供のことをいって涙を流しては熱を出して、お医者さまに叱られていました。

詩作は少しずつ世に出てゆきました。その頃の作品を二、三ここに採録してみます。

頰

生まれて何も知らぬ　吾子の頰に

母よ　絶望の涙をおとすな

その頬は赤く小さく
今はただ一つのはたんきょうにすぎなくとも
いつ人類のための戦いに燃えないということがあろう

生まれて何もしらぬ　吾子の頬に
母よ　悲しみの涙をおとすな

ねむりの中に静かなる
まつげのかげをおとして
今はただ白絹のようにやわらかくとも
いつ正義に決然とゆがまないということがあろう

ただ自らのよわさといくじなさのために
生まれて何もしらぬ吾子の頬に

母よ　絶望の涙をおとすな

私の詩はいく分かずつ、生活費にかわってゆくようでありました。

こんなある日に、私は、激しい熱を出して人事不省になり、その夢うつつの中で、ひとりの女の人に出逢いました。

女は、古い昔の着物を着て、その裾を長くひいていました。明らかに、芸者さんの姿をして。女が母にちがいないと私は考えていました。その女は、何やら着物の包みを土の上に置き、その上に何か書いたものをのせて、そして、手を合わせ、裾を引上げて立上ると、そのままするすると、湖水の方へ歩いてゆきました。生きて別れた子供への愛着、それ一つに目もくらむ思いらしく、やがてしおしおとその水のそばを歩いていましたが、思い切って、水の中に身を踊らせて、飛び込みました。

女の体を、やがて湖水の水は包み、そして湖面にはもとの静寂が帰って来て、深い濃霧が、何事もなかったように、その水の上におりました。

それは私の母であったと、私は信じることが出来ました。うつつとも、夢ともつかないなかで、私は、母の置いていた包みを開きその上にのせてある紙を開けてみました。

紙にはたどたどしい文字で、

「どうか、あの子にミルクを十分に」

と書いてあって、包みの中は、ちりめんのお座敷着でありました。母はその着物を売って、私にミルクを飲ませて下さいと願ったのでありましょう。芸者が、着物を手放したそれから先の人生は、死より他にはありますまい。死に臨んで母が、

「どうか、あの子に十分にミルクを」

と、書き残した手紙にこめられていたものは、たったひとり産んだ子供を突き放されて、この世に何の望みもなくなった十八歳の半玉さんの母が、命をすてて訴えた母の愛に他なりませんでした。そして、その静寂に帰った湖面の夢は、それから以後、たびたび私の中に戻ってくるようでありました。

母は、自殺したに違いない。と、私はそれ以後信じるようになりました。

私はまた、母と同じように、結婚して、病気をして、子供に生き別れになった時、今この子供を連れて、命を終わりたいと思ったものです。その時ふと、私の生母のことを考えると、私をこの世に思い止まらせた、生きるという力を感じました。母のごとく、子供を離されて、死の道をえらんだとすれば、それはまさしく一つの敗北でしかない。

たとえ歴史は繰り返すとも、その歴史にきちんとした終止符を打たずにおくものかと、私は考えたのでした。

何とぞ生きて、いつの日か子供にめぐり逢った上で、さらに、自らのしなければならないことを十分にして、命の限りに生き延びて行こうではないかと、私の中のものは叫び、その叫びの実行を誓っていました。

そうだ、私は生きる。生きて、この人生を実行してゆこうと、私の中のものは叫んでいました。決めていました。誓っていました。

女性の幸

こころ静やかに
幼きものに乳をあたふる
そのひとときの　深き女性の幸

やわらかき唇の
小さき花びらはかぐわしく
愛とまことを　母の胸より吸えば
育て　天地の花のごとく

こころ澄まして
幼きものに　乳をあたふる
そのひとときの　深き女性の幸

つゆほども
よこしまなる思いを許すことなく
今日の母の清浄を　遠き未来につなぐ

さあれ　これにかわるべき偉業女性になし

楽しい文筆活動の仲間たち

その頃の生活は誠に貧しいものではあったが、生涯の目途も、文筆で世に出られることも、およそ先のみえてきたる三十五歳。

病気は、回復と、停滞を繰り返して、結核は、脊椎から腸に、腸から腹膜に、そして喉頭に、私は二年位、声が出なくなっていました。病気の烈しい中でも、人生への確信も自分の道への自信もしっかりとして来ていました。しかし、私はまだ使命に辿りついていないのでした。

私は四十代にかかり、漸く病気を克服することが出来るようになりました。そして、この頃から文筆は忙しくなり、テレビも始まり、ストレプトマイシンも自由に入手出来るようになりました。それは、まだかなり後のことであり、その前に日本は戦争となって、結核患者はみな、まっ先に東京を追われました。この戦争中の九三年間、私は長野県の穂高町に、静かに住みました。

この町は、松本から大糸線に乗って、大町というところにゆく間にありました。この年代は、私に、病気の回復と、平安な文筆生活をしっかりと約束してくれたのでした。当時の作品に山の詩が一つあります。

山のたより

月のきわめて明るい夜
山にむかった窓をあけると
山ひだの暗さと月のあかるさ
情念は　生きもののように
身をもだえて苦悩するようです

つばくろは　雲のあいだにすわり
きわ立ってその上に輝く星を迎え
白馬よりかえってどっしりとし
白馬は　少しユーモアに
堂々とその背骨をみせてすわりますが
情念は　みるたびにおもむきをかえ
更に　更に　苦しむようにみえます

ああ　たそがれに
まだ　くりやの火花の美しいころ
豆をむく手を休めて迎えたときは
あんなに物静かだった　情念
月がのぼり　その光が及び
月光が　素絹のように全身を包むと
突然に　しかも予期したように
身をもんで　苦悩する情念

私は　この山が好きです
私はこの山を月光の中に見つめていると
私にも　こんな生活処理があり
こうして苦悩したように思います

私は　息をつめて山に向って立ち
苦悩こそ　人生で
かけがえのない糧道であることを思います
——詩集　花よわれらは——

信州の療養生活は、米塩が十分であったばかりか、高原の澄んだ空気と、山地の新しい酸素によって、私の病気の回復を大いに助けてくれました。

私は、カムバックの自信をもって、東京へ昭和二十二年に帰って来ました。

文筆活動はささやかに繰り広げられて、私の病室は、いつも文学への希望者で満ちあふれていました。

みんな、お金には不自由をしていましたが、意気盛んというか、あたるべからざる勢いのところがありました。

ある時、友人の草野心平が、父親に勘当されて、佐渡へ放浪の旅に出るという話になりました。みんなは、揃って見送りに行ったのですが、そのうち話が、宮沢賢二の作品の「銀河鉄道」のことになりました。駅のコンクリートに、図面を書いて、その話に夢中になっているうちに、汽車に乗り遅れて、放浪の旅は、お流れになったことがあります。

一体、みんなは、いくつ年をとっているのか、全く不明な位に呑気で朗かで、ロマンチックで、今では全く見当らないような性格であったものでした。

わが子の消息と別離

戦後の不如意の中で、生活が楽になって来、健康も回復して来ました。文筆生活の忙しい時には私の心霊的な生活は休みとなっていましたが、それでもいくたりかの人にはその力を及ぼすことが出来て、喜ばれていました。

子供の消息は、相変らず全く判りません。

どんなに心をすましてみても、子供はどこでどんな生活をしているのか全く判りませんでした。

こうして七年が過ぎ、昭和二十八年暮。その頃の私は、全身の回復のために、ストレプトマイシンをお医者さまに射って頂いていました。この薬は実によくきく薬で、全身を侵した結核菌は温存のまま、患部をよく治し、かためてくれました。自分の働いたお金で、治療するのですから、誰に遠慮も要りません。思い切り薬を使って、よく治しました。

十二月の二十五日、私のささやかな住居に新聞記者の来訪がありました。そのちょうど一か月位前に私はふっと気分が悪くなり、遠い世界に連れてゆかれました。そこには大きな建物が見えていて、どこかの刑務所に見えました。同じ青い色の服を着た人が大勢行列を作って何か仕事に入るらしく、並んでいる中の一人の青年が、ふとこちらを振り向いて、にっこりと笑ったのです。それが忘れもしない別れたときの幼顔であり、別れても考え続けていた、わが子の青年となった顔なのです。さては、何かの間違いで、刑務所に入っているのかと、私は考え込んでしまいました。もとはといえば、自分が生きて別れることになったために、道を踏みはずしたのであろう。そう思うことは、全く私には辛いことでありました。心を鎮めて、その情景を考えてみると、みんなはダンボールの箱を作っているようでした。

どこの刑務所かは知らず、彼は一人の受刑者として、こうしてダンボール箱を作っている。それは、比べるべくもない悲しいことでしたがしかし、あり得ないことではありませんでした。

顔をはっきりと確かめた時に、二人のめぐり逢う日は、近いのだなと感じました。こうして、十二月二十五日、私は中部日本の記者の来訪を受け、子供の所在を知ることが出来ました。私の予知の通り、それは、名古屋の刑務所でした。

子供は二十七歳、一人前の青年として、しかしいっぱしのヤクザでした。

私達は、昭和二十九年、十二月二十五日に消息を知り、越えて一月十一日に名古屋刑務所で、二十五年目にめぐり逢いました。

「僕達ダンボールの箱を作る作業をしています」

と子供が言った時、私は思わず
「知っていたわ」

と言ってしまいました。作業場も、拘置所も私が見た通りであったからです。

子供は二年の刑を受け、それを終わって出所して私のところに帰って来ました。

しかし、一年たたないうちに仲間に連れ出され行方不明となって、二年目に再び横浜の刑務所でめぐり逢いました。そして切なる私の希望を理解して、その刑を終わると共に仲間とも縁を切って今一度帰って来ました。この五年の歳月には、母も子も疲れ果てましたが、絆は一層強くなりました。

そして、昭和三十四年四月、いろいろのことを終わって、子供が帰って来た時、私は五十歳を過ぎて、この山梨県の、小さい山峡の町に移り住んでいました。

世を捨てたわけではないのですが、重なる子供の事件は、やはり世の中に知れ渡って母である私に有利なことばかりはありません。しかし私は、この世でそんなことを問題にしてはいません。辛

うじて一人の老女が文筆で食べてゆく生活の中に、この不幸な前科者の息子を受け入れて暖い寝床と、せめて腹一杯の食べものを与えることが出来ました。今度こそは、誰に気がねもなく、親子で一杯の味噌汁を分け合って暮らそうよと言った時、それは子供が帰って来て一か月位の時でした。石畳のある、山の麓の火葬場にはからからと夕風が吹いていて、枯葉の舞っている情景が見え、薪を燃やして、棺を火にのせていると、その棺が割れて、先日帰って来た子供が入っている姿を見ました。

こうした予知に慣れている私も、さすがにあわて、もしこれが、今までのすべての予知と同じであるならば、いま、一切を清算して、元気に私の目の前に立っているこの子供は死ぬということであろうかと、大層あわてたことでした。

私の予知は、かつてはずれたことはありません。そうだとすると、この子は、何によって死ぬのでしょうか。

全く健康にみえた子供が、喉が痛いといい出したのは、それから二か月、六月の初めでした。小遣いを貰って、元気に口笛を吹いて出て行った子供が帰って来ないうちに、健康診断の先生から、電話で宣告がきました。

喉は、癌であったのでした。

あわただしい入院、本人も、偏桃腺と感じている間に、病気はどんどん進行して、七月七日、ついに、とられてしまいました。火葬場は、予知の通りのところゆえ、私は泣き続けて、行くことも出来ず、永久の別れとなってしまいました。

死の足音

山のお寺の墓地に、彼を葬ってから、私の第三の人生は、始まったのです。

私はたった一人っきりとなり、改めて、初めて、自分の使命の発見をいたしました。

私から、愛着の、骨肉のすべてを取り去ったのは、骨肉として人を隔てないというひとつの戒めでもありましたでしょうか。

私は改めて、使命に目を醒ましました。

たったひとりとなった私に、社会は全く新しくなりました。

これから生きるべき人生から、取り除くべきことと、持ってゆくべきものが、はっきりしてきたのです。

まず、社会的地位や、名声、金銭による光栄と、その安逸、それらを私の人生から、取り去ってみます。

残るはただ一つ、老年をしっかりと、いかにして、使命に生きるかでありました。

私はかつて、少しばかり持っていた文筆生活から来る、光栄をみな捨てることにしました。ものを書く才能が、もしあったとしたら、今日使命を果たすまで、私を生活させてくれ、生かしてくれたことのその役への感謝で十分でした。そしてもし、幾分の金銭の幸せがあったとしたら、それは多病なりし生涯をここまで命をつないで来られた、医療の糧であったことへの感謝です。

さあ、第一歩から出なおして、と私は心を決めて生活の整理にとりかかった時、突然に病は、腎臓結核の型で再発して、私はここでまた、三年間の入院生活を送ることになりました。

病室から一歩も出ることの出来ない、安静の三年間は、いつも心に何事かを決めると、きっとつまずくという私の生活を、さらに証しをしてみせるものでした。

三年間の入院生活は、私に、私の人生を新しくしてくれました。いくたびか生死の境をさ迷いながら、使命に生きようと決めた私を、最後の篩《ふるい》にかけるかにみえました。私は、骨の髄まで洗われたような心持で、三年の入院生活を終わって、再び家に帰って来ました。

六十五歳になっていました。

この入院生活の間にも、面白いことがありました。

入院患者の病室には一週間に一度、偉い先生方の回診があります。医局の先生方がついて来て、幾人かの先生方が回診にみえるのです。

ある時、病室で廊下を行く足音を聞いていますと、ひとりだけ、とても足音が生ある者の足音ではない人があります。人間の足音には、一定の重さとその音の特長があります。時折、生ある人間ではない足音の人が、ひとりで歩いてゆくこともありました。誰かなあ、どんな人かなあ、と私は考えているのでした。

こうして、春から夏へ、その不思議な足音の主は、いつも大勢と共に、また一人で、廊下を歩いていました。多分、お医者様の中の一人だと思うのですが、誰であるかは判りません。

こんな夏のある午後、病院の庭の木の下で医局の先生や、看護婦さんが、キャッチボールをしていました。

私の病室からは、庭の全景が見えます。ふと目をやると私はびっくりいたしました。

三十歳位でしょうか、白衣の背の高い、ひとりのお医者様が、今まさにボールを摑んで投げようとしています。その人の頸動脈のところが、一筋赤く筋がついて、さながらメスでかき切ってあるようです。しかし現実の人は、メスで切っているわけではないのですから、元気に動いて、時折はみんなと、笑い声さえあげておられました。

その瞬間に、あの廊下を行く、生ある者でない足音の主は、ああこの人だ、と私に判ったのであります。

怪我か、自殺か、すでに命は消滅の半年位の圏内に入っておられる、と私は思いました。そして、暗然としたのです。

「あの方は、どういう身の上のお方？」

と、私は顔見知りの看護婦さんに尋ねました。

「あの方は、今年、博士号のとれた方でね、この秋には御結婚をなさる幸せなお方よ」

と、はずんだ返事が返って来ました。

私は、その答えの後に、はっきりとした死の影をみました。

それは、深くも悲しい影でした。二度と取り返しのつかない、不幸が、笑いながらその姿を現していたのです。

秋が来て、貧弱な病院の庭のポプラが、からからと風に舞う時、その先生の結婚の噂が、若い看護婦さん達を興奮させていました。そして十一月の七日、突然に、その先生の死が伝わって来ました。お湯殿で脳出血で亡くなったと言われました。私は、はっきりと、お湯殿で、メスを自分の血管にあてた先生の姿を見ました。それは、痛ましい破局であったのです。原因は誰も語らず、噂にものぼりませんでした。しかし深い事情があったということを、関係者一同は知っていましたし、また暗黙の中に判りあってもいたのでした。

そこで私は一つの疑問にゆきあいました。病死の死と、自殺とは、果たして一つの運命の線上にあるのであろうか。自殺を幾年も前に予知することが出来るように、病死と自殺とは、非常に異って見えながら、全く同一のものなのであろうか。

死とは、病死、自殺、他殺にも関わらず、その予知の場合は、同じものなのであろうか。病死も、その過ぎゆく年月のためらい、よくなり、また悪くなりしてゆく、その年月があり、自殺では、そこへゆくまでの当人のためらいがあります。恐らくは、今日実行しようと思い、また、止めようと思い、幾たびもためらいがあることでしょう。そのためらいを越えて、その人が実行に移す時は、病が改まって死に到る時と、やはり同一線上にあるのでしょうか。自然に来ても、他殺でも、また自殺でも、死の持っている一つの時というものは、みな同じなのかもしれません。それは、未遂で助けられることと、最後の手当で生き帰って来ることと、みな同じなのかもしれません。そんな心持に私はなったりするのでした。

人生の永遠

三年の病院生活は、私にまた第三の人生の出発を与えてくれました。生ある限り生き延びて、本気で人生の永遠に取り組んでみようという心持が、私の中で新しく生まれてきました。六十歳を五年過ぎていました。

遅ればせながら、六十の手習い、今日まで自分ひとりで包み持っていたものを、はっきりその包みを開けてみんなに見せて、そしてその中から、みんなに役立てることの出来るものは、みんなの役に立てよう、と私はそう考え始めたのでした。

それならば、何から始めよう？

果てしない海原を前にして、手製の小さいボート、果たしてこれを漕ぎ出して、私は、人生の永遠を摑むことが出来るのであろうか。前途は、全く不明なのでした。

この時、私は、はっきりと、自分の全力を出し切って行なうべき使命とは、これであったと感じることが出来ました。そして涙を流して、どうぞこの使命を達しさせて下さいますようにと、私の神様の前にひざまずきました。そして、初めて使命に声がかかってから、四十年も怠けた期間を思ったものでした。長い、長い回り道でした。ほんとに、だらしのないお話です。

しかし考えてみれば、多病であった私にとって、多くの人々の因縁に関り合って、それを身に受けても命を終らずに、働くことが出来るためには、十分な健康こそ入用であったのです。そして、その健康の安定を得ることが出来るまで、私にはそれだけの年月が、必要であったのかもしれません。

私は、すべてを失い、ここに改めて、何も持っていないということが一番大切であるという、一つの身の上に立ったのです。

それは第三の出発として、実に楽しいスタートでした。地位もなし、名もなし、金銭もなし、骨肉なし、夫なし、子なし、そして初めて、人生の永遠を信じる心、ただ一つ、人間を愛して、一歩も譲らない心、ただ一つ、この素手をもって人間の不幸、不如意、挫折、無為、病気、それらとしっかりと取っ組んでゆこうと決心いたしました。勝負もなし、気負いもなし、欲しいものは何一つなし、手許に、一合の米あり、一すくいの水あれば、それで命をつないで、人間の不幸のために働こうと、私は強く感じました。火の中、水の中でもよい、身を捨ててやってみようと、堅く決心を致しました。六十五歳の第三の人生は、こうして、この山梨県の片すみの小さい町の、小さい住宅からはじまり、貧しい万年床と、回復した健康と、親しい友人達に囲まれて、始まったのでございました。

私は、今日、七十三歳、いまや自分の使命の真只中にあります。そして、死まで、私はこの使命を続けてゆくつもりでおります。心を込めて、愛ただ一つをもって――。

第二章　因　縁

人の一生を支配する〝血〟

憑霊、つまり憑《つ》き物というものが、それらの関係でないものとの区別をどこにとるか、これが、私の大きい課題であったのです。

まず人間は、自分の人生が五分あって、祖先の血液が五分としましょう。

その人の生涯を支配するものが、すべて、先祖の血液ではありません。しかし人間が、木の股から生まれて来たものでない限りには、やはり半分は自分であり、あとの半分は先祖です。

ですから、先祖の中に、おかしな生き方をした人があり、その不幸なり、不平なり、悲しみなりが、はっきりとしている場合には自分の中の血液が、不平を訴え、不調になってきて、どうにも、おさまらないということがあります。

つまり、血の騒ぎです。

自分の血の中で、先祖の血が騒ぐ時、その血の騒ぎが、病気です。

普通の自分の不調で発生した病気は、まず医学の治療で、回復します。

「そんなはずはないのですがねえ、どこも大して悪くはありませんよ」

と、お医者様が、首をかしげられたらまず、先祖の血の不調を、考えてみなければなりません。

そして、自分の先祖の中で、誰がどういう不調を訴えているかを考えてみなければなりません。

不調を、訴えている先祖の顔は、その人の顔にはっきりと現れています。そこで、私は、その不調の原因を見つけ出して上げて、それを供養して、打ち払ってさし上げます。

すると、早い人は七日目で、遅くても四十日位で、みんなその不調が、正常になってゆきます。

供養打ち払いとは、今生に亡き人の来世に対してやっているのではありません。今は亡き人が、この世に生きていた時に、どうであったかを判って上げているのです。

ですから、私のしていることは、決して、来世に対してしているのではありません。今世を、はっきりと見て、あなたたちに影響している、今生の、つまりそれらの人々が生きてあった日のさわりについて見ているのです。

このかつて生きていた人の、今生に残して行ったさわりというものを、私達は、簡単な言葉で、因縁と言っています。

この因縁という、今は亡き人の今生にあった日の悲しみ、不満、不幸感、疑惑、嫉妬、敗北感、それらを明らかにして、現在の子孫の人と解消し合うのです。そのことによって、かなりの程度、病気も、蹉跌、つまりうまくゆかないというようなことは、みんな回復したり、取り去られたりすることが、たくさん出来るようになりました。

けれども、この因縁の解消ということも、初めからそんなにすらすらと実行されたわけではありません。六十歳を過ぎて、因縁の解説を始めた私は、現在生きている人の顔を見たり、その人の写真を見たりして、長い、考察の末に、見つけることが出来たのです。

ぜんそくの霊的因縁

初めて、この町で、小さい人のぜんそくにゆきあった時のことでした。

私は、自分の長い闘病生活の経験から、医学の力を何よりも信じています。

病気には、医学こそ、第一であると考えるからです。

医学が第一、そして、因縁は第二です。何となれば、人間の健康の半分は、自分の運命でもあり肉体でもありますから、残りの五分の方を受け持つのは、医学であり、医学なくしては、健康の安全はないと考えられます。

幼い喘息さんは、その幾分赤い、もしゃもしゃっ毛の頭を、ねんねこの上に出して、私のところに連れて来られました。

一歳半、びっくりした目で、このおかしな老姿を見ていました。ほおずきのような丸い顔は、咳の苦しさに、赤くなっていました。母なる人は言うのです。

「喘息が起きると、そのたびに注射をしなくてはなりません。一時はいいのですが、すぐまたいけないのです」

と。

ちょっと、べそをかいたその顔を見ているうちに、私の前に見えたのは、高い崖と、その崖を囲む大きい樹木。そして、馬が引っぱっている昔の馬車、その馬車に積んである材木。二十三歳位のひとりの若い衆が、馬の背に一寸何かを触れさせたとみるまに、いきなり馬はさお立ちとなって走り出し、木材はがらがらとくずれ落ちて、その若者をまき込んだまま崖を落ちてゆきました。若者は顔面を水にひたし、息絶えてゆき、着ている半天の背は、みるみる血に染まってゆくのでした。

「山へ木材を切り出しに行って、崖から落ちて亡くなった二十三歳の人、誰だか判りますか」

と、私は聞きました。

相手はびっくりして、

「それは、おんじだね。お父っちゃんの弟だよ。わしの父の弟だわさ」

と言いました。

「お名前、判っています？」

そして、その名を聞き、その幼い人の名でもって、今は亡き二十三歳の方の供養をいたしました。七日目には、喘息が収まって、以来一切起りません。もう外に出ていたずらをしている。その子供に、行き会うたびに、その子の母親は、小さい頭を手でおさえて、

「ありがとうをいうだよ。喘息は少しも起きないからなあ」

というのでした。

二度目は、同じく年寄の喘息でした。その人の写真を見ているうちに、海の波が光って、よせてはかえすところに、小舟を出している漁師が見え、私の鼻には強い波の香りがしました。そしてその舟が、横波をくらってくつがえるのがみえました。漁師は十七歳と感じました。

「お国は、どこでしょう？　海が見えて、十七歳の男の子さんの水死が判りますが」

老婆は、いきなり目を覆って、

「そうですかい、そうですかい。それは東北の田舎のわしの村でして、弟です。弟は海で死にました」

その名を聞いて供養をして十日目に、すっかり楽になりましたと礼に来られてから、私の中で、喘息は、親しいものの水死であると、判明してきたのです。

こうして、私は、ひとりひとりの人々からその人に関わりを持っている、今は世に亡き人の、今生の姿を見ることが出来るようになったのです。今から五年前のことでした。

喘息は、水死によるものと判ってから、喘息の話を聞くと、水死はありませんかと聞きます。十人あれば十人、二十人あれば二十人すべての喘息は、みな水死人のさわりでありました。

以来、喘息は、すべて水死人の供養でよくなりました。もう三百五十六人になります。

胃病の霊的因縁

はじめに、この胃病を尋ねた人に、東京から来たＯＬがおりました。

青白い、細面の女性でした。

どうしてもよくならないというその顔を見つめているうちに、私の目には、山を背景にした田畑の続く田舎の農家が見えました。入口を自然の木の門で区切り、中庭は、黒土でべったり湿っていましたが、山から吹く風は爽やかでした。正面左側に土蔵があり、そのコンクリまがいのすそをめぐって一匹の青大将がいました。

「お宅の田舎、蛇がいますね」

「ええ、たくさんいます。父など蛇を殺すこと平気だったんですよ」

「お父さまはお元気？」

「いいえ、七年前に、胃癌で亡くなりました」

当人をみていると、青大将はうねって、かま首を持ち上げ、ふりかえりつつ、竹藪に入ってゆきました。

瞬間、私の体は、ぞっとして震え上って、これだ、という知らせがありました。

「蛇を、供養してみましょう」

と、私は言ったのでした。

そのOLの胃病は、七日目で、見事に回復いたしました。これは最初の一人で自信がついて、胃の不調に対しては、蛇を供養することでいくたりの人が回復したことでしょう。しかし、私の供養でも、なかなか早くは回復しない人もありました。

この人は、最も重症の一人でありました。

ある時、知り合いのKさんから、女の人の写真が送られて来て、病気は胃癌ということでした。私がその写真を見ているうちに、その女の人の二代前に、邸を売りに出した人があり、その邸の地ならしの時に、先祖がまつった弁財天の社を、何の挨拶もなしに取り壊したことが判って来ました。

その夜、私の夢の中に、薄紅色の衣服をまとい、銀の前飾りを美しくつけた小柄の女の人が現れて、私に涙ながらに打ちあけ話をいたしました。

その話によれば、女は、弁財天のかかりのものにて、場所は、南福島、東北です。邸の弁財天が取り壊された時、お使い姫の小蛇が、弁財天のことづけを持ち、はるばると、厳島にある元社までゆくべきところ、道を間違えてしまったというのです。弁財天のお使いの小蛇は、海に入水すれば、全身がただれてそのまま命を失うことになるのですが、そのかわり、その志は聞き届けられて、厳島へ届くというのです。小蛇は、阿武隅川をさかのぼり、平という漁村に出て、海へ入水すべきところを間違って、猪苗代湖に入ってしまって、そこで命が、終わってしまったというのです。

その役目を果たせなかったために、人間にさわりとならなければならず、かくは女の人を苦しめる破目になって申しわけなしと泣いていうのでした。

どこの生まれの人とも判らないその女の人に、このような因縁話をすることを、さすがの私もためらったのでしたが、しかし、そのことをうやむやにしてしまうわけにもゆかず、自分に見えた通りを話しました。全く荒唐無稽に見えもし、聞こえもするかも知れない。しかし、私にお尋ねになったからは、私としても嘘や想像ごとを話すことは出来ません。ありのままのことを話しました。

「お宅は南福島の出ですか」

と思わず聞いてしまいましたところ、先方の人はとてもびっくりして、

「そうです、南福島の出です。どうしてお判りですか？」

と不思議そうです。

弁財天のお使い蛇がそういいましたと話すと、さらに小首を傾げるのでした。

その蛇の供養が届いたところで、病人が回復したことは勿論ですが、何ということなく家内の不和も、なおってきて一同元気になったということです。

およそ、胃の病気のすべては、蛇のさわりです。

大なるは、自分の打ち殺した蛇から、小なるは、古い邸内の物置に住んでいたというものまで、すべての胃腸のさわりは、蛇でした。

相談された初めには、苦心して、捜したのでしたが、五つ位例が出たところで、その人に尋ねると、必ず存在するのです。ある人の蛇は、家の柱に巻きついていたり、ある人の蛇は、売却した屋敷に昔からいた蛇でした。

しかし、一番物凄かったのは、蛇の中でも海蛇です。蛇としては大して人々の口の端に上りませんが、海蛇の物凄さには、さすがの私も辟易《へきえき》してしまいました。

海蛇のいたのは、北陸、金沢方面の出身の人の家の因縁で、家内不和、胃病はもとより、あらゆる悪いことの重なったところで私に連絡がありました。

拝見したところ、日本海の海蛇であって、払えども払えども、効くどころではなくて、関係者一同困難いたしました。家人はもとより、ある人はスクリューに巻き込まれた海蛇の首をみせられ、ある人は体中を海蛇に巻かれた夢をみました。打払っている私も、ある時夢に、私の神様が出てこられまして、こう申されました。

「現世は、人間が万物の霊長であるが、いつの世にか海蛇が人間を支配する日が来る。その日を記憶しているがよかろう」

と、いわれたのでした。私のびっくりしたことは申すまでもありません。

海蛇のついでに、こういう話の出たことがあります。伊勢湾台風に関係したことをあつかった時がありました。

ある大変心の優しい知人があったと思って下さい。知り合いの家の幼い男の子が、三歳を過ぎても歩かないのでした。何故でしょうかと尋ねますと、いきなり烈しい海水が泥をまき込んで、家をも人をも押し流す状態がしばらく見え、やがて土砂をまいて、小石を混えながら、海へ引いてゆき泥水の中から、ごろごろと人間の屍がころがっているのが見えました。そしてその子供の家の土中に、埋められている人々が、見えたのです。七歳位の女の子、四十五才の労務者風の首の折れた男――私が察しますに、幼児は、畳に足を下そうとするたびに、目の下に泥水の渦巻くのが見えるのでしょう。そのたびに足を縮めて歩かなかったのです。家の建てられている台地の下の無縁仏を供養すると、すぐに歩くようになりました。

天変地異の霊的因縁

台風というものは、なぜ始まり、なぜあるか。それについての結論の出たのは、私の仕事もかなり深く入ってからでした。台風とは、自然のバランスと、人間の生活のバランスと、そして、それに人間と神との間に存在する、竜神、弁財天、鬼、海蛇、不動明王、その他人間が、たやすく担ぎ出している諸々のもの、それらの、バランスの崩れから来るということが判って来ました。

天変地異とは、それ自体独立したものではなくて、自然と、人間と、その中間に位するものとのバランスの崩れから来るということが判って来ました。決して無縁ではない、自然と人間との触れあい、自然と、神、および悪霊とのバランス。そしていつの場合も、人間のこうむる数々の災難、天災、人災、例えば地震、戦争、流行病と、みな原因を一つにするものであるということが、憑霊をやっていて判って来たのでした。

風邪、喘息が、すべて水死からくると私は言いました。水死の人と判るまで、私は喘息の患者を前にして、どんなにたびたび考えたり、悩んだりしたでありましょう。ある時、近くに住む幼い人が喘息に苦しむのを眺めているうちに、二十六歳、中背で髪の濃い女が、水に飛び込んで、ゆらゆらとその黒い髪が藻のように岩にからまるのをみました。女はじっと私の方を向き、さながら何かを頼むように両手を合わせるのでした。その時私の体は、ぞーっと震え上がり、全身さながら水中に入ったようで、その気持の悪さは、誠にひどい苦しさでした。これだ！　この人だと、私は叫びました。そして、その年をいい、その顔かたち、姿を言いますと、その子供の母は、それは私の姉であると申しました。そして、熱い涙を浮かべました。涙こそ、仏に対して何よりの供養。三日の後、その子供の喘息は治りました。医学第一、因縁第二。私はこうして喘息は、水死因縁であり、蛇が、胃腸の病気であることを証明し、それを実行して、これらの人々の健康安定をとることが出来ました。私は思うのです。一篇の詩を書いて、よしんば、それでもてはやされるとしても、それは個人の栄光にすぎません。個人の栄光が何であろう。例えおかしな婆さんと思われようと、気狂い婆あと言われようとも、幼い人の苦しい胸を、少しでも安らかにして上げられるとしたら、私の光栄、それに過ぎるものはないのではあるまいか。そして私はこの道を選んだのです。

こうして、数々の喘息が回復いたしました。およそ五百人になりましょうか。私の扱った五千人以上の人々の中にこの五百人の喘息が入っているのです。そして、見離されたような喘息も、水死の供養によって良くなってゆくのをみる時、喘息症状の表している、肺に水の入るような苦悩こそ、まことに、生きて地獄の道にさしかかるような苦痛であることが判ります。そして、どんな人が、その病に関わりがあるかを判明させ、一刻も早くその人を供養打ち払いいたして、医学第一、因縁第二の実をあげたいものと決心をしているわけなのです。いつ、誰が、何をと、この三つの疑問さえ、解明出来たならば、よほどのことでない限りは、快くならない喘息はないと考えるのです。悲しい水死、哀れな水死。子孫の胸にすがって助かろうとする哀れな水死を、供養、絶滅したいものです。

てんかんの霊的因縁

てんかんは、医学的には、なかなか回復いたし難いと思われ、また言われています。

ある時、私の知り合いの商店の人で、使用人をたくさん使っている人がありました。

使用人の中の三十五歳の男が、てんかんをもっていて、仕事中に時々ひっくりかえり、しばらく意識不明になる。何とかならないかというお話でした。

浅黒い、細面の目のはっきりしない男であるが、その男の顔を見ているうちに、私には一つの光景が見えて来ました。

広い邸内に、崩れた土塀があり、その内側に土蔵があります。少し腰高の土蔵であって、内側の板敷の上には、年齢三十五歳、この人とほぼ同年で縞の着物を着て、よれた帯をしめた男の人が首をくくって死んでおり、いまや、梁から降して、みんなで首に絡んだ縄をはずしているところでした。

そしてその人を供養することによって、その男の人のてんかんは、たちまち回復し、二度とは起こらないですみました。

以来、てんかんの人には必ず以前に首をくくった人があり、そしてその人を供養することによって、みんな治りました。今日まで、三十名にのぼります。

てんかんのおきるその姿により、首をくくって死んだ人を、縄をはずして降した状態、つまり仰面して倒れる人あり、俯いて跪く人あり、鼻汁を出し、泡をふくのも、みな縊死の姿。それを降した時の姿です。関係者の知らない世界で、これの起こっている時、私は現代の人の知らない上部因縁の世界に入ります。

まず、尋ねられて、その見えてくる世界の人の、衣服、髪形、周辺などを、歴史の年表をあけて調べてみます。亡き人が自ら名をいう折もありますが、堅く口をつぐんで、決して名を言わない人の方が多くいます。歴史の年表を見ているうちに、そのきまりきった数字の上に、自分の顔を表す仏もあり、痩せ枯れた手でその数字を指す人もあります。そして私が見た人を供養するのです。

リューマチス・神経痛の霊的因縁

二年も前から、坐骨神経痛で何とも治せず、お医者様はもとより、針をやり、指圧をやり、あらゆることをしても一向によくなりませんという人には、周辺および肉親に必ず怪我人がいます。

ある中年の主婦で、七年も痛くて仕方のないという神経痛には、戦争中の物資買いだしの時に、汽車の上に乗って、駅の庇にぶつかり、転落死した兄がおりました。心のこもったリュックサックの中の芋は、当時小学生だった小母ちゃんのひもじいお腹を満たしてくれたのですが、実の兄の愛

の悲しみは、長く痛みとなって妹の足に留っていたのでした。

怪我およびリューマチス、神経痛は、すべてが上部因縁にあることです。上部因縁で、脱藩者を街道で上意討ちにしたその子孫が、交通事故にあうなどということは、ざらにある出来ごとです。

よく、交通事故死が、同一場所に重なったりするのは、先の霊が、浮かばれないためだといいます。一般の人々の言っていることは、案外に当たっていまして、人の言うこと、いわば世俗話というものは、以外に真実を伝えていることを、私達は感じるのです。全く常識だと思っていることが案外に、真実を伝えている場合があって、田舎の言い伝えなどは、なかなか聞き捨てに出来ないことがあります。

火災の霊的因縁

出火の因縁は、大体が先祖因縁ですが、この土地の小さい村で、どうしても火事が多くなって、山の頂上が燃えあがり、ポンプの水が届かなくて消せない時、火元の先祖、袴は紫、白綾の着物を着た平家の公達を出して供養をし、三十分の後に山火事を消したことがありました。この時などは水火の難をもった平家の因縁を、まざまざとみて身震いをしたものでした。

火炎の中にたゆたって、恥ずかしげに、見え隠れするその公達の姿は、ミサイルも飛ぶ今の世を背景にして、哀れとも美しいとも、言い難い風俗でした。

幾世を隔てて、その恨みを残して、哀れにも、私の言うことを聞く、その若く、美しい人の白い頰が、夕日にうっすらと赤く染まるのを見た時、ひとしおの哀れは私の胸に止どまって、母として、女としての私を、泣かせるものがあったのです。

若者よ、その人生の悲しみは、今も昔も変りなしと、思わせるものでした。

肺・心臓病の霊的因縁

心臓に関する病気における憑霊は、いつもショックを伴ったものが多いのです。

まず、先日、肺癌の人がありました。もう治る見込みはないと考えられたし、病院でも、そう宣言されていました。甲府から連絡があって写真を拝見したのですが、たちまち目に見えて来た情景は、川中島の合戦であり、真直ぐに飛んで来た通し矢が、この人の先祖と見える人の左肺に、音立てて刺さるかに見えました。私が、その姿を書いて上げますと、その人は、チンプンカンプンな顔をして帰ってゆかれましたが、やがて折返し電話がありました。

家に帰って老父に話をすると、老父はいきなり土蔵へ行って、古い文書を持って出て来て言ったということです。

「これを見ろ。ここにそのことが、全く同じに書いてある。よくその人には病人の写真だけから、これだけのことが判ったなあ」

と、感心しておられました。程なくその人の肺癌は進行を止めて、今は元気で働いておられます。たとえ回復をしなくてもよい、丈夫で働いていられるとしたら――

私はじめみんなは、傷を持ちながら生きていますが、その傷にこだわることをいたしません。自らの力で、その傷をなめながら、その傷をいたわりながら生きてゆけさえしたら――。肉体の場合にも、精神の場合にも、傷にこだわり、それをコンプレックスにしたまま、ぐずぐずしてはいけません。要は、その傷の浅さ、深さの問題ではありません。傷を持つ者の心のありかたです。

傷を抱いて生きることが出来たその人は、この冬に、私の貧しい小さい家の壊れたガラス戸を、新しいサッシに入れ換えて下さったのです。それは、傷を持ちつつ、仕事をやってゆける人の、心意気でした。治らなくてもいい、安定して生きてゆければ――。それが私達の考え方です。

心臓病はショックです。多くは先祖の剣道の仕合いや、その他戦ごとがあります。戦は全くよくありません。幾多の病人の上に現れる戦争の中には、日露戦争のこういうのがありました。

昔は、伝令という役がありました。無線もなかった時代には、腰のバンドに小さい皮のカバンをつけて、電報や、上部の命令書を入れて運んだ兵士がいたのです。

ある若者の病気に、山の上の高地、二十六歳位の兵士が、走り込んで、まさにその命令書を渡そうとする時、味方の射ち出した弾丸に当たって、ばったり倒れた人が見えました。病人の身内には日露戦争に関わる記憶がないので、昔、兵士であった祖父に話をしました。

すると、祖父から、折返し返事がありまして、それは、自分の親友で、一番親しくしていた戦友である由返事がありました。その人の心臓病が、すぐ治ったことは、言うまでもありません。大そう喜ばれました。

戦争の無残さは、西南の戦にもありました。鹿児島の人で、雨の田原坂にて死んだ若者がついていた人があり、それをはずすことによって全身リューマチスが回復いたしました。近くは、広島の原爆、または、戦争でなくても、関東大震災、夫と共に逃れて、夫の目の前で死んだ妻が、後妻の首についていた神経痛がありました。これなどは、その時の心を解説することによって、たちまち引いてくれたのです。かつて私は、詩人として勉強をしていた頃に、人間に憑霊などのあるとは夢にも考えてみませんでした。人間は万物の霊長と信じ、自己の力だけで、何事も可能だと信じていました。それが根底から覆ったのですから新しく目を開く思いでした。

日本人ほど、先祖からの因縁を受けてきた人種は少なくはないのではないでしょうか。

何人も、先祖の良いこと、悪いことをみな貰って、その因縁の中で苦しがっている姿を、いま私はまざまざとみる思いです。

先祖から受ける二つのもの

人間の一生は、そも、その生まれた時から先祖をまず第一として、父およびその周辺、母およびその周辺、姉が嫁げば、その嫁ぎ先の人々、妹が婿をもらえば、その婿殿の周りというように、今生で成仏していない多くの人々の影響を受けます。何故にこれほど、その影響を貰わなければならないかと思うほど、それらにはいろいろの人から貰うものがあります。

先祖およびその周辺から、物質的なものよりも、なお精神的な貰い物が、いかに多いかを考えてみなくてはなりません。

そして、物質的な貰い物については大騒ぎする日本人が、精神的な貰い物については全く無視しているのです。

常日頃、よくそのことをこぼしていながら、物質的な貰い物を感謝する半分も精神的な貰い物を問題にしません。この失なわれざる、失うことの出来ざる、そして自分でそれを始末することの出来ない貰い物に対して、日本人がどんなに関心を持たず、それに苦しんでいる癖にいかに本気で考えないかを、私ははっきりと知らされました。

そうです。日本人は、うかつな人種です。目の前のことや、面子に関することは大騒ぎをするくせに、大切なことには無頓着です。主人のお仲間の奥さんが、どんな洋服を作ったかを一日中大騒ぎをするくせに、幼い者が、不思議な脅えや、身震いをするのを見ても少しもあわてません。洋服は、将来にあまり関係ありません。しかし、幼い人が目をすえて、身震いをすることは、その子の将来に大きな問題があります。これはその子が、青春時代にかかって、てんかんにならないとは、いい切れないからです。日本の女の大部分は、こんなうかつな生き方をしていて少しも恐れも不安をも感じていないのです。

私はよく、日本の女のうかつさをいいます。それは、自分のことになるととても熱心でよくやるくせに、ひとたび子供のことになると、割合に平気であり、そしてまた、そのことが外見とか人の口の端にのぼるということになると、改めて、あわて出すということがあります。面子性が強くて人の口の端ばかりを気にするところがあります。

あの人がこう言ったとか、この人の言うにはこうだとか、そんなことばかり気にする向きが多いのです。そしてそんなことには本気にありながら、表面に出ないことには、割合平気でいるのです。そんな心持は、早く割り切って、いつも自分のこと、子供のことをしっかり自分の手に握っていなくてはなりません。どんなことがあっても、少しも動じない心で、自分を含めてあらゆることをしっかり握っていさえしたら、深い因縁にも、勝つことが出来るのです。

肝臓病の霊的因縁

肝臓については、こんな話があります。父親が薬で自殺をした人がありました。いつも肝臓が悪いので、ある時、私のところに写真を持ってきました。その写真を眺めているうちに、私に見えてきた状態があります。大きなお邸で、広い座敷があります。正面にいる殿様は、まだ年が若く二十歳に達していません。いまや食事を召し上るところで、お膳をささげて、腰元が入ってきました。その女達の姿は、さながら芝居のようでありました。

食膳が整ったところで、若いお毒見役がすり寄って、その殿様の戴き物を食べたとみると、たちまち苦しみ出して、そのまま吐血して亡くなりました。食事には、毒が入っていたのでした。この毒殺事件の因縁は、父親の自殺を第二因縁とし、さらにその下に肝臓病の患者をたくさん出しています。肝臓病の上部因縁は、毒殺因縁があり、さらにそれに自殺因縁が加わり、そして、その後に、肝臓の病気を呼んでいるのでした。

こうして、因縁と憑霊とを見つけ始めれば、限りないものがあります。

そしてそれらは全く確かであり、きっと取り除くことが出来ます。

小児マヒ・精神病の霊的因縁

さてここまで来て、小児マヒに入らないわけにはゆきません。

マヒ性の病気ほど、悲惨なものはありません。ひとたび、家旅の中にその子供が生まれると、その時から一家は全く暗黒の中に住むことになります。

三十七歳を過ぎた小児マヒの子供を殺した、七十歳すぎの老父の哀れさ。回復の見込みのない十七歳の娘を絞めて、鉄道自殺をした哀れな母。それらの悲劇は、すべて不治のマヒ性の病気を悲観

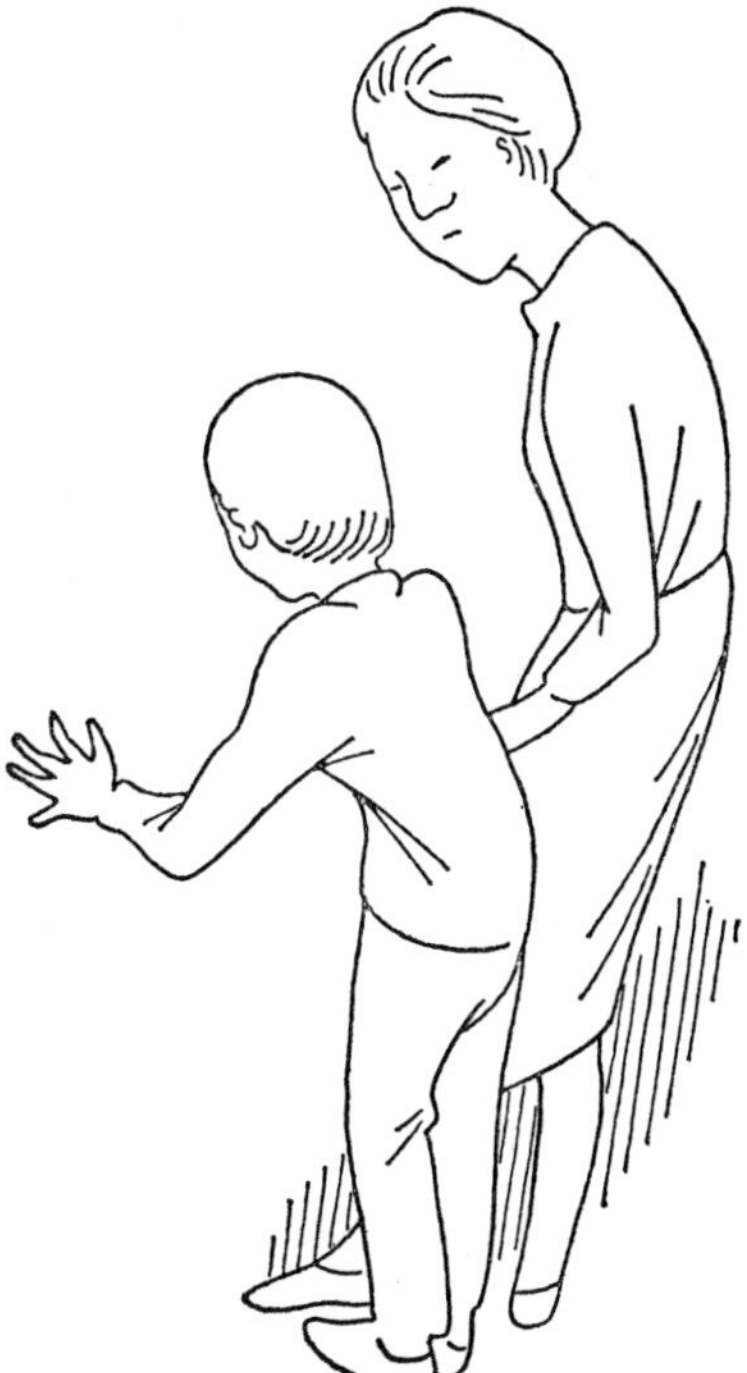

してのことに他ならないのです。

マヒ性の病気は、全快とはゆかないけれども、その病状を良くすることは出来ます。

マヒ性の病気や、精神病の上部因縁には、たくさんの処刑された人々がいます。

犯罪の処刑しかり、戦争の刑罰しかりです。具体的に言えば、首と胴とが決別した因縁なのです。

神経がぶち切られたそこにマヒ性の病気の因縁があります。

処刑にもいろいろあります。

自分が犯した罪によっての処刑は、なかなかしつこくてとれにくい。盗人にも三分の利ということでしょうか。

一身上の出来事、戦などによって首と胴が断たれたものは、その割にはしつこくはありません。当人が承知して生を終っているからでしょうか。

酷いマヒ性の子供がありました。その写真を見ているうちに、風の吹きすさぶ満州の蒙古に近い領事館が映り、そこに七人の役人とその家族が、全員弾丸に射たれてそれぞれ死に、家には火がかけられて、七人とも焼けてゆく有様が見えました。手を伸ばして、あらぬ方角を摑みながら、惨めな死に方をしているその中に幼い子供の姿も入っていました。その悲しみの供養をしたときです。病気の幼子は私にとりすがり、どんなに親達が引き離そうとしても、離れませんでした。子供は、それからしばらくして立てるようになりました。切断された神経は、つながるべくもありません。しかし、匪賊に皆殺しになった、その家族が救われることによって、少しでも病人が機能を取り戻してくれればと、私は願っています。

切断した神経はつながるべくもありませんと私はいいました。けれども、供養することによって快方に向かうことは出来ます。

すべて、その供養は、依頼者がしなくてもよいのです。私が私ひとりでしてゆくものです。そして、それによって絶対の効果があります。

明　日

夕ぐれの町では　子供たちが
さようならをして　つれてかえられる
家には夕飯の仕度が出来ていて
大人達が　はしをおいてまっていよう

バイバイの出来る子供も

それさえ出来ない幼い子も
何物をもうたがわない　明るいかおで
友達とわかれて　かえってゆく

子供達は　静かにねむるであろう
夕日が　その名残りを麦の穂にそめて
世界があざやかにめぐり夜が来るとき

そして大人も　静かにねむらねばならない
よしどのような　明日が来ようとも
それは　あきらめることではない。
愛して　まっすぐに生きることだ。

第三章　先　祖

花

花に　いのちのあることを
きのう　はじめて　われは知る
ひとに　いのちのあることを
けふ　はじめてぞ　われは知る
世にあきらめのあることを

あすは　定めし　知りつらむ
おそるるなかれ　人とわれ
かなしとおもふ　時はすぎたり
——銀の逸矢——

よみがえる大阪夏の陣

先祖のことを思う時、私はいつも人間の不思議さについて、深く考えさせられるのです。
先祖の力の強さということを、このたびくらい、強く感じられることはありません。
先祖というものが、いかに大切なものであるかを、このたびの仕事をしてみて初めて判りました。

生命を受け継ぐ、子供というものは、決して偶然やその時のふとしたはずみなどで出来るものではなく、出来るべきものとしてはっきりとした理由があって出来るものなのです。プレイの果てに子供を殺し、ビニール袋に入れるなどということは、それこそ昔流に言うならば、孫子の代まで、祟られることです。

絶対に避けるべきことではないでしょうか。

先祖にもいろいろあります。まずどの家でも初代さんは、六百年以内にみつかります。これは、肉体の初代さんです。それから五百年をさか上って、中興の人というのがあります。その上にさらに、心霊の霊統という人があります。これはその家にとっては、心霊の最初の人で、大変に尊い人なのです。霊統の高い家は、神代にその源を発し、その家としての確立があります。中興の人は、心霊の一つの種を、人間の肉体につないでゆき、霊統との結びつきを司どる人であって、これまた大切な人です。

第一霊統は、家によっては、随分と古い家もあります。

ここに、この一つの物語りをなす家があります。初めて、この家に近づきになりましたのは、今から四年前の春の日でした。

空が、霞むようにうす明るい日でした。山峡の家にも庭の桜は散って、くちなしの白が、快い強い香りをあたりに発散させているころでした。

ひとりの美しい娘さんが来られて、母が、永らく喉を病んでいて、その原因が少しも判らない。何か所かの病院で診察してもらっても原因が不明であるというのでした。

例によって、娘さんと向かい合っている私に、はっきりと見えて来るものがありました。

それこそは、戦火に襲われて、いまや、落城する寸前の大阪城の様子でした。

この知友の先祖は、私に、自らを三田弾正と名乗り

「私、三田弾正は、大阪夏の陣の折には、木村長門守の配下なり。この激戦に、長門守は、城を出でて前方に陣を張られ、その陣中にて病あつし――私の見ましたところによると、この時木村長門守は、結核が悪化して、腸を冒され、病状は絶望の一途を辿られておりました――。私、三田弾正は、主人の命を受けて、秀頼公にお別れのため大阪城に登りました。戦はまさにたけなわにて、秀頼公は、白絹の布にて、鉢巻を締められ、その鉢巻の中に、七本の小柄を差しておられました。その一本を抜き取り『弾正、よくぞ見えられたり、戦の様子はいかが、味方には全く利あるまじ、いまは別れなり、これを、形身にとらせるものなり』と仰せたまい、その小柄を抜きて賜わりたり。よってその小柄は、私戦死の折に下郎に渡したり」

という言い分でした。私は、三田家の人々にその話をして、古い先祖代々よりの品物を捜して貰いましたところ、豊臣家の紋である桐の御紋のついた小柄を見つけることが出来ました。よって三田家では、その小柄を立派な箱に収めて、目下は家宝として大切にしておられます。ところで、三田家の人々が、この弾正様の最後の場所を知りたいといわれました。

あわせて、三田家、当主の家内の、不思議な永らくの喉の患いの原因と、その娘さんが、肋膜炎を患っている原因をも探ってみようと思いました。まず、考えられているのは、大阪落城の時に、結核で死亡した弾正の子、その名を妙姫と名乗る十八歳の娘さん、その母も、夫弾正の戦死を知るや、命旦夕に迫った娘を見送り、その枕許にて喉を突き、死亡されたことでした。三田家としてはこの事実も判り、奥さんも、娘さんも丈夫になった上は、弾正の家内と娘との葬られたお寺を知りたいということでした。

東に逃れて来られた一族のそれから後は判明していますから、先祖のそれぞれの場所を知りたいのは人情、私も思わぬ重責を担うことになりました。

ことをここまで視ることが出来て、その亡骸の在るところは不明ですということも言えません。ともかく、捜してみることになりました。

霊視を追って

いまだ、春からの微熱のとれない体で大阪行きを計画した時の私は、全くの白紙であったのです。

とにかくも行ってみた上で、判らなければ判らないでよいから、その時は正直に言って、兜を脱ごうと決めました。

そう決めてしまえば、心も安らかで、私は三田家の娘さん達と一緒に新幹線に乗りました。一行は、姉妹三人に男性代表としての弟さんがひとり加わり、私を入れて五人。大阪に着き、いよいよ第一日には、お寺捜しです。大阪のお寺は、徳川家康が、豊臣家を滅ぼしてから、何を恐れてか、全部のお寺を寺町に集めて一つの集落にしました。そのため散っているお寺をどんなに捜しても、豊臣家の息のかかったお寺は少なくなっているというより、むしろなくなっているのです。このことを一日がかりで、お寺関係のところで調べました。そして、これと思われるお寺はみつかりませんでした。

宿に帰ると、私には喉を突いて亡くなった弾正さんの奥さんがかかって来て、声がすっかり出なくなり、娘さんの結核もかかって来て、かなりの熱が出はじめました。今生にない人が、何とかして助かりたし、何とぞ助けてたまわりたしと、かかってくる力の強さに、私は起きているのもやっとの思いです。一大決心をして、無から有を産み出す決心をしているからは、仏のためにも連絡なしで帰ることは出来ず、さりとて二日目に入っても何の手がかりもない。そして、ある人に紹介して頂いて、大阪の郷土史研究家に意見を聞くことになりました。

暑さの真盛りです。

ゴミゴミした大阪の町を、その方の住居まで尋ねてゆきました。

親切な初老の人は、私の大儀そうな体付きや、かつて、結核のため生死の間を行き帰りして、漸く助かったことを文筆関係で知っておられ、暑い最中の旅を、気の毒がって下さいました。

「豊臣の息のかかったお寺は、全くないと言ってもいいのですよ。徳川が、みんなまとめて、自分の統率下においたのですから」

と、その方も気の毒そうに仰ったのです。

残るはあとたった一日、切符も明後日は帰ることになっています。その夜の宿の体の辛さは、全く大変なものでした。

結核の咳は出る——私は、下地を持っているので結核の体質の憑霊に弱くて、すぐひどい症状が出て困難します——。

暑くて苦しい夜が来て、空気が少しも通らず、呼吸の苦しさは何とも言えず、眠られぬままに、漸く朝を迎えました。

今日、判らなければ、大阪を出るのだと思った瞬間、激しく咳が出ると共に、せき上げて、この世が悲しく懐かしく、私はいきなり泣き出してしまいました。ぐっすり眠っていた若い人達も、びっくりして目を醒ましました。どうしたと尋ねられても返事は出来ません。そのうち、はっきりと声も聞え、姿も見えてきました。

薄い緑の小紋の着物を着て、黒の帯を締めた姿は、武士の家の内室です。形よく上品に手をつかれて、

「今日、お別れいたしては、いつの日にまたお目にかかれるでしょう。何とぞ、今生の、縁哀れと思し召され、今日、私の墓地へおいで賜りたし。娘の妙姫も、ぜひにと申しますれば」

と仰せられるのです。

「はい、よく判りました。最善を尽くしてお捜し申上げましょう。しばらくお待ち下さいますよ

う」

ことわりを言うと、すっきりと立上れるようになって咳も治まり、気分も良くなってきました。

私達は朝飯をすませて、最後のコースに出で立ちました。今日は、私の体に聞いて、その在るところをみつける決心です。

二、三本の立木。素朴な垣根。そのお寺を捜すべき方向を知るのに、大阪の町を、西から東へ、東から西へとタクシーで走って貰うわけです。

そこで本人の生死にかかわらず、意志の伝達をすべき人があれば、ざーっと鳥肌が立ち、全身に震えが来て、その瞬間に『私です。判って下さい。どうぞ、お助け下さい』と、私の体に感じて来ます。その時、そこを本土地とみるつもりなのです。車に乗って、三回位、町筋を走っているうちに、左半身に、ざっとかかるものがありました。そこを心に留めて、その反対側を走ると、ざーっと今度は右側にかかりました。お寺は、まさにこの二つの通りの中にあります。その時おもしろいことを一行の中のひとりが言いました。

「去年、千日前のアパートの火事で、たくさんの子供を連れたホステスさんが死んでいます。その人達がかかって来たのかもしれないわ」

それには、私が笑い出して、目下は大阪夏の陣のこと、昭和に戻って来るわけもありません。いずれあとで、またお供養に伺いますと、ことわりを申しました。

その二つの通りの中には、お寺が三つありました。一休みしているうちに、一行はこの三つのお寺を見てきました。一番海に近い、海尊寺の前に立ち、そこでこの朝、目に見た立木と塀の形を見た時、私は、自分の視たものが確かに実在することを知ったのです。

語りかける三田家の霊

質素な玄関で声をかけますと、五十初めのような奥さんがおられて、私達に、その寺が如何に大阪方のお寺として、古くて、由緒ある豊臣家のお寺であったかを物語ってくれました。すべてのお寺が徳川の力でまとめられたり、廃寺になったりした時に、この寺をここに存続させるために、先祖がいかに骨を折ったかも物語って下さいました。古い日本の女の面影をしたその人と、旧大阪の地図を広げて話をしていると、突然に、三田弾正の妻せきと名乗って、弾正さんの奥さんが私にしみじみと物語りをされました。

大阪城が落ちてからは、関東方面に落ちてゆく次男や、その一行と別れて、命旦夕に迫った娘の枕許ではかない寝息を聞きながら、あれを案じこれを考えて頼りない日々を送っていました。

九月に入るとすぐ、娘が息を引きとりました。秋涼も極まった日で、前夜から呼吸困難に陥っていた娘は、明方を待たず亡くなってしまいました。

次の日漸く、納棺をすませて、中一日を供養して、次の日、夕暮を待って出棺いたしました。徳川様を恐れてこっそりと隠れて納めるのです。道を海の方にとって、しばらく行くと道のこのあたりで提灯に灯を入れ——かたばみの紋の提灯です——と、その奥さまは、改めて私に仰るのでした。こうしてこっそりと海尊寺まで来ると、昔はこの寺の入口はおばしまになっていました。方丈は、おばしまに立って、薄紫の衣を着て、出迎えられました。年齢三十七歳、痩せぎすのもの静かなお方でありました。

娘の亡骸を納めてから、中一日をおいて、生きるあてなき私も、後を追った次第でございます。こう奥さまは仰るのでした。

心の中に明滅する提灯の灯は、涙にうるむ母と娘の悲しみに揺れて、海尊寺に集った三田家の娘さん達も、涙にくれる思いでした。

予定どおりに、私達は東京へ帰って来ました。大阪城内で判った、弾正さんが葬られてある場所からも土を持って帰りました。

東京のお墓の前に、その大阪城の土を持って帰りましたところ、その土から、かたばみが芽を出して、葉を茂らせ、今年は、かたばみの花が咲きました。かたばみは、三田家の家紋です。三田家は年二回の墓参りをかかしません。このように、先祖は葬うものの心と愛情とによって、その生きたる日の営みをはっきりと見せて下さるのです。

歌手Nさんの暗い影

流行歌手のNさん。この人にまつわる先祖もなかなか面白い物語でした。

ある一つの歌によって、一躍有名になったNさんは、若い頃には気さくで楽しげな、気軽な性格だったのが、今はすっかり変わってしまい、暗く寂しげで、極めて孤独な無口な人間になってしまいました。

仲間との話もあまりせず、ステージの上の割れるような拍手にも少しも心のはずむ様子もなく、寂しさの影をひく男の人になってしまっていました。初めのうちは、マネージャーもこれが一つの世渡りのポーズかと考えていたようでしたが、次第にそれは真実であって、少しもポーズではないと判ってきました。女のように、もの静かで上品な口の聞き方、いつも、静かに、寂しく腰かけています。薄暗いテレビ局の控室にじっと腰かけているNさんの横顔には、光源氏にもまがう優雅さと、美しさがあって、見る人の心を打つのでした。そして不思議なことというのは、そのNさんにさながら古武士のような付き人がいて、端正に座ってじっとNさんを守っているように見えるのです。五十歳を越した体の堅い感じの付き人が、臣下のように見えたそうです。

芸能人の因縁を扱っているCさんが、ある時訪ねて来られて、

「先生、よく見て下さい。Nさんの因縁をお願いします」

といわれたのでした。

奥さんとの仲がうまくゆかなくて、離婚となるという時に、私に、因縁の解説を頼んで来られました。

私がその顔を見ますと、たちまちあたりは深い山、大きい河の流れは揖斐川といいます。岐阜の出来事です。

ひとりの美しい人。痩せぎすで細面、白い綸子の着物を着、長くたらした髪は戦国時代の姫君です。うなだれて、たびたび問いかけても、はかばかしく返事をなさいません。やがて、寂しげに答えられました。

「私は、この地方の国主と国主との争いに父を亡くした姫でございます。父が、敵国との折合いのために、私を人質にさし出しました。そして、私は両国が不仲になったことによって、一番大切に私を守っていてくれた家来の老人と共に、殺されてしまいました。私の年は十九歳。私の家紋は桔梗です。深い因縁の悲しみを、いまこそ解消させて下さい、お供養嬉しく存じます」

という仰せでした。私の目には涙が湧き、写真のNさんの優しい頬にも、涙が光って見えるようでした。

三、七、二十一日。この姫君の供養がすむ日に、Cさんはテレビ局の控室で、Nさんに逢いました。美しい面差しで、凝っとCさんを見たNさんは、

「お世話になります。あなたには」

と言ったというのです。Cさんは、Nさんの供養を私に頼んだことは、内密にしていました。それなのにNさんは、ことさらに、Cさんの傍までやって来て、お姫様がお局さんに礼でも言う時のように、ねんごろにお礼を言ったというのです。

死者を救う〝愛〟

供養、供養と言ってもいろいろあります。日本で、今日まで行なわれている供養は、すべて仏教が司っていました。坊さんという階級が、たくさんのお金を貰ってやっていました。しかし、その人格の如何、その人間の明、不明、心の在り方、人生のたたずまい、それらとは一切関係がありません。お腹の中で、この仏は、嫌な奴であった、死んで一家も大いに助かっているであろうと、考えていたとしても、もしまた、地獄へでも落ちてしまえと考えているにしても、読経のリズム、うやうやしいゼスチュア、それらに、みんなごまかされてしまいます。しかし、生と死との違いは、ただ紙一枚の差でありながら、ここで一番はっきりしていることは、生には、嘘が通り、死には決して、嘘が通らないということです。

供養するものの心に、愛情がなかったら、決して、仏は助かっていないということです。これだけは、本当なのです。

ならば、私は何をもって供養しているか？　私は、すぐにお答えできることでしょう。私の供養

は愛情ただこれ一つです。

たとえば、どこの何兵衛さん、おなにさん。その人が、人生でどのようなことをしてしまったとしても、私は、みんなを許すつもりです。おたがいに、不幸な生まれかたをして、心にそわぬ不幸せな生き方をしたとしても、それは、その人だけの罪ではありません。社会という大きなものとバランスがとりきれずに、道を踏みはずしたのでありましょう。日本の家庭には、おかしな習慣があります。世の中を、晴れ晴れと生きて、成功をした人には大騒ぎして、みんなで供養、供養と大騒ぎをします。仮りにも自殺をしたり、誤った事件を起こしたり、失敗した人生を生きた人は、場合によれば忘れ去ろうとしたり、わざわざオミットをしたり、人に隠したり、ことさら話をしなかったりします。しかし、一番子孫にたたっていたり、とりすがっていたりするのは、これらの不幸な人々です。嘘の通じなくなった世界に入った人々です。愛情を持って、思い出して貰うより他に何も救いのない人々です。

生命。この世に存在するならば、嘘も、お世辞も聞きましょう。うたかたに似た誉め言葉も、それを嬉しく聞きもしましょう。今生を終って、形のなくなったもの、手にとり、目に見えないものになってしまった時は、真実より他に、何が通用いたしましょうか。

日本の見栄っぱりやの家庭では、この世で偉くなった人や、気のきいて、お金を儲けた人だけを有能者として、その他の人を人間扱いしていません。何という大きな間違いでありましょう。

死という現実の前に、嘘も隠しごとも差別もなく、しっかりと向かい合うこと、それが供養です。それなくしては、何の供養でありましょう。私の仕事は、ここに出発点をおくものです。
現世においてどのような生活を送ったとしても、ひとたび死によって別の世界に入ったものは、今生の栄光や名誉とは全く別ものの世界にいます。金持必ずしも安楽な来世にいるとは決まりません。名誉人、名声人、必ずよい来世を持っているとは限りません。ましてや、不幸な現世を生きた人や、志半ばで、本意なく人生を終わった人々の深い無念、やるかたなさは、肉体が滅びてしまった後に、なおはっきりと、意志を持って残るものです。そうです。残ります。
口寄せなどの方法を私はあまり信じません。ましてや死者が、五感を持っていて、亡き人に似た口を聞くなどということは、しょせん私には信じられません。死者は口を聞きません。ただその心霊にしっかりと心を寄せさえすれば、以心伝心で、自分の中の、中なる苦しみについて、はっきりと伝えて来るものです。それを聞くことの出来るものを誠の霊力のある者といいます。

永久不変の〝誠〟

誠の霊力は、神に通じるものでなくてはなりません。その行使によって、神、ひとえに、慈悲をたれたまうものです。

心だに　まことの道に叶いなば

いのらずとても　神や守らむ

古人は、うまいことを言いました。

人が救われ、幸せになるためには、祈らずとても、神や守らむでなくてはなりません。祈らずとても、神や守らむとは、一体どういうことでありましょう。心だに、誠の道に叶いなば、という誠の道とは一体どういうことを言うのでしょうか。

誠の道も、いろいろあります。

誠一字の旗の下に、生死を賭けた新選組の人々、近藤勇や、土方歳三も、私の大好きな沖田総司も、みな誠を貫いた人々です。忠義のシンボルの楠正成、正行の親子も、誠を貫いた人々の中に入ります。

人は、各人のモラルを持ち、その自分のモラルに叶ったものを、一つの誠と信じます。

しかし、モラルにしてもいろいろと時代によって変化があります。死に臨んで、「天皇陛下万歳」であったことも、今の若い人には、白けたこととしか考えられないでしょう。昔、同じ年齢の人々が、命を賭けたことを、今の世代の若い人は、冷笑するかもしれません。

親孝行こそ、誠の道であったことがあります。今は、何と言われるでしょう。忠義にしても、孝行にしても、すべての誠は、今失われてしまっています。女の操にしても、つい私の女学生時代までは、絶対に守るべきものとされていました。結婚前に、男性に許すなどということは、夢にも考えられないことなのでした。

今はどうでしょう。娘さんが、夫も判らない子供を持つという時代です。女子学生が、夏の遊びの中絶のために、カンパをするという話は、昔の人間の私には、心臓の止まるほどの驚きでした。何と言う、恐しいプランでしょう。

けれども、それが当り前の時代が来て驚く方がおかしいという時なのです。その時、誠であったものが変わって、では本当の誠とは何を指すのでしょう。

私は考えます。

誠とは、永久不変のものでなくてはなりません。そして、いつのいかなる時代にも誠は誠として通用するものでなくてはなりません。

それでは、広くて遠いこの人生で、何が永遠の誠でありましょう。

私は考えます。まず、先祖というものへの愛情と尊敬、そしてそれを供養することこそ、誠の人生ではないでしょうか。

先祖こそ、不滅のもの。何人にも存在し、しかも何人にも不変であり、そして何人にもかけがえのないものです。

誰でも人間である以上、木の股から生まれて来てはいません。心霊には、心霊の先祖があり、肉体には、肉体の先祖があります。その先祖を探求して、その生活を理解して、それを供養することは、人間として誠の仕事でなくして何でありましょう。

社会的に有名でない先祖には、人に語ることの出来ない数多くの不幸、言葉では言い表わせない不平不満、悲しみ、未練、そして愛。それらを知って上げることにより、共に語って上げることにより、判って上げることにより、かつての日の不幸を解消して、誠の安泰に心霊を行かしめ、先祖の心を安らかにして上げることこそ、誠の中の誠と言うものではないでしょうか。

私は、これを永遠の第一条件と信じます。そのことこそは、人間が生きているうちになさねばならない、まごころの供養というべきことです。

先祖と共に苦しみ悲しむ

先祖が、悲しんでいます。そのことで、あなたも泣かねばなりません。先祖が、痛みで苦しんでいます。あなたも苦まねばなりません。先祖が、患っています。あなたも患らうことになります。そのなしたるごとくに、私達がなさねばならないということは、何という深い縁でありましょう。先祖に親子心中あれば、必ずその下には、精神薄弱児がおります。小児マヒがおります。啞がおります。殺す立場の親の悲しみに、殺される立場の子供の悲運があります。その二つの入り混った因縁が下に現れる時には、子供は一人前の運命をもち得ず、いつも世の中に立つ力がありません。

親の意志の弱さのために、子供の生涯を失敗してはなりません。自らの弱さと、意気地なさのために、子供を不幸にしてはなりません。たとえ、幸福にする力がないとしても、不幸にだけはしてはなりません。私は、自分に健康がなかったために、子供を不幸にしたその親の一人です。

私の子供は、私の結核のために私と生別し、戦争のために、やくざの仲間に入り、そして癌になって死にました。すべては、生活を律してゆけなかった私の一身上の挫折によるものです。子供には子供の運命があります。それを助けることは出来なくても、その邪魔をしない方法はないでしょうか。

私はそのことについて、親の無理解をいつも思います。親は子供を、一体、幸せにすることが出来るのでしょうか。

親の計画、親が良いと信じている子供へのつくし方というものが果たして、子供の誠の幸せに、十分に役立っているのでしょうか。私はいつも考えます。

親達は、親としての計画と面子にしたがって、子供の人生を立ててはいまいか。そしてそれは、自分の満足だけにかかっていはしないか。

もしそうであったとしたら、それは違うように考えられます。少なくともどこまで行っても、親の面子は、親のものであって、それは子供の希望とは一致しないからです。少なくとも我々は、子供の満足の上に面子を置きたいと思うのです。

私は、因縁の打ち払い、つまり悪霊の除霊の仕事をやっているにつれて、切なる問題として母子心中をみます。

子供を殺したということは勿論ですが、子供と共に死ぬということも大きな罪の一つではないでしょうか。母子心中の下には、精神薄弱児や、小児マヒなど数知れず出ているものです。

日本がいかに文化国家と言おうと、その文化水準の高さを誇りにしようと、親が子供を殺して死ぬということのある以上は、私は、日本の国の誇りを認めません。いかほど女が美しく装おうともいかほど男が立派であろうと、高度の仕事が出来ようと、それは文化国家とは言えないと思います。そして、言ってはならないと考えます。また、さらに言わせてはならないと、私は考え、また声を大きくして申すものです。

青春の恐しさと哀れさ

私のような、全き人生を持つことの出来なかった女でも、いま心霊のことを手がけていて、深く感じますのは、青春の恐しさです。その哀れさです。

何故かといいますと、止むに止み難き心と行為のために、諸人が作ってゆく出来ごとの罪によって子孫達がどんな目に逢うかということです。

自らは、一人の人間の一生のことなど、少しもかまうことはあるまい。たかが自分一人で死ねばもともとではないかと考えることでしょうが、これがどうして、馬鹿にならないものなのです。決してたかが一人の出来ごとではありません。人生の道をはずして、自分が死ねばということは、自分が死んで、収まってゆくことでないからです。自分が死んで、終わってゆくならば、どんなに気楽なことでありましょう。終わってしまわないところに、苦しみもあり、不幸もあり、そして人生の責務もあります。

知り合いに奈良の古いお寺の奥さんがありました。ある時、御主人が、何の前ぶれもなく家出をされました。四十代の終りでしたが、年上の女の人に迷っての上のことでした。その御主人には、衣一枚を持って家出をした、何代か前の僧籍の人がついていました。修業に出たまま、山野に寝て家に帰らずに終わった中年の僧がついていました。しかし、その住職が学校教師の仕事をも、方丈の仕事をも投げ出して、女と同棲して帰らなくなって一か月、さらにその実弟にあたる商家の主人が家出して、同じく地方の女と同居するにおよんでは、放浪の僧だけのこととして、黙しているわけにはゆかなくなってきたのです。

同一コースの間違いが二つ重なる場合は、因縁は一族のことであって、個人のことでないからです。

そこで私は改めて、再度の調べに入りました。お寺の本堂の写真を貰い、商家の主人の写真を貰って眺めました。私はそこに、幻のように立つひとりの古典的女性の姿を見ました。美しい女でした。

女は、細面の消えんばかりの美女であって、そのしなやかな手足の姿、長い黒髪を、みずらという昔の髪型に結い上げて、うすぎぬの七色にわたる軽衣の姿でした。

私がその姿にみとれ、やがて声をかけようとすると、その女の人は消えてゆきました。私はあわてて筆をとり、

「本堂の写真拝見、女は古い昔の軽衣を着て痩せぎす、夢のような面立ちの女でした。年齢は二十一歳位、大層美人」

と書いて、奈良に手紙を出しますと折返し

「その女は、私が当寺に嫁にまいりました際、初めて本堂へお参りに行った時、擦れ違った幽霊の女です」

と、返事がありました。

こうして、それから半年、軽衣の女をおいて、奈良の寺院のいろいろな出来ごとの仏や無縁になった人々の供養をして一切がかたづいた時、季節は、秋に入っていました。

二千年間迷い続ける女

秋涼と共に、私の健康は幾分の回復をみせたので、ある日しばらく執筆の仕事のために旅に出ることになりました。

同居している内弟子の少女と共に、旅の仕度をして家の戸締りをしてしまった時、速達が来ました。奈良のお寺からの手紙で、——これまでして頂いても主人は帰ってまいりません。所詮、因縁の供養では、あの情慾は解決いたしますまい。私もそろそろ諦めなければならないと思います——とありました。そうかもしれない。これだけ供養をして、大体の人々はかたづいたのにと、その現金の入っている封筒を切って、中のお志のものをお財布に入れたのですが、手紙と封筒とを紙バックに入れて、そのまま旅に出ました。

附添は二日経って家に帰り、宿で一人になったところで、きれいな夕暮れの湖畔に、物静かなたそがれの気配が、心なしか立ちこめました。一人で休んでいる時の癖で、明りを消して横になってしばらくすると、パチッと音が小さくして、止んでまたパチッと火花の音がします。首を上げて、その音の方を見ると、壁際に置いてある紙袋から、青い小さい火花が、パチッ、パチッと出て、また消えるではありませんか。しばらく見ていました。止んではまた出るのです。袋を逆さにして、中のものをみんな出してしまいました。奈良の手紙が、息をしているのです。私は、声をはげまして申しました。

「言い分があるなら、仰って下さい。うけたまわります。おどかしたって、その手にのりません」

すっと人間の気配がして、煙のような白光がさし、ひとりの女が立ちました。かねて見た、七色の絹は素絹の気配がして、かすかに、香料が香ってきました。

遠くからしてくるような声、少しふくみ声で、女が語り出しました。

「私は、葛城王朝、最後の皇后、明子である。あきらけいこと読む。私の最愛の夫は、足利氏に亡ぼされ、若くして殺された。一人の皇子は、この山の上の寺から、尼が抱いて逃げてくれたが、峠を下り切らないうちに追手に討たれて、二人共に死んだ。私は軍兵に捕えられ、雑兵たちに辱めを受けて、自害したものである。何より口惜しいのは、私共は白壇の木にて、立派な鳥の形をした棺をしつらえ、宝石を散りばめて立派にとってあるものを、その棺には入れてくれず、木で作った四角の棺に、私を入れた。それが如何にも残念で、やるかたなく、こうして迷っているものである」

というと、細い骨ばかりのような手を四角の棺の中から出して、いきなり私の右腹部をつかんだものです。女の姿は木棺の中にありました。いつ入ったのかわかりません。現実のように声がまた聞えてきて、

「今より後の申し分をよく聞けよ。私は、心霊の低い人間には決して身の上の話はしない。汚れるからである。そなたは、心霊に位があるから申しきけるが、私の恨みを、解くことが出来るか。この恨みを収める力があるか。収める力があらば、試してみよ」

と言ったかと思うと、低く含んだ笑い声が聞えてきて、はっと自分を取り戻しました。右腹部が烈しく痛んで、私は、そのまま俯きに、身を縮めてしまいました。ああ、美しかったが、何という

凄みのある女でありましょう。その夜から、右腹部は、痛んで少しも治りません。次の日、病院へ行く日であったので、病院でお腹が痛いと言うのですが、腹膜も腎臓も収まっていると言われて、いつもの注射と薬だけでした。私は疲れてしまいました。

その次の日から、何ということなく食欲がなくなって、体が疲れ、瘦せてきて、みんなにどうしたのかと聞かれます。私にも一向に判りません。しかし、あきらけいこの供養を始めて、七日目、奈良から速達が来ました。あるじが帰ってきたのです。何だか、夢が醒めたようだ、許してくれという言い分です。しかし、いくら許してくれといわれても、今日までの仕打ち、妻として残念でもあり、ただひとことですぐ家にお入り下さいとも言い難く、壇家の人々の思惑もあり、いかがしたものであろうかとの相談の手紙でした。

私は折返し返事をしました。

「御心持は、重々に御もっともながら、ここでもしあなたが許さなかったならば、この因縁は、なお続くと思わねばならない。許し難きを許して頂き、この深い、因縁を終りにしなさい」と。

百科辞典をあけてみると、葛城王朝最後の皇后明子の死から、現在まで二千年の年月がありま す。女の恨みが、何程に深くとも二千年迷っているとは、た易いことではありません。私も胸を打たれました。続いて奈良から手紙があり、三日目に弟さんの商人も、帰宅された由、弟嫁の相談を受けたので、早速に、お言葉を伝え、二人して許し難きを許したと、言ってきました。

火穴に消えた麗人

一段落をしたある日の朝、たったひとりでおたき上げをする小さい火穴の前に立っていると、いきなり胸が苦しくなって、世界が違ってきました。立っていられなくて、思わず、土に膝をつくと世にも玄妙な音楽が聞え、百鳥さえずり、花は無限に咲いてという、いつもの時に入ってきました。ああ、これが迦陵頻伽《かりょうびんか》のさえずりと、世にいう時間であると思われました。青色の光線のさし込む中で、あきらけいこが現われ、じっと温和な面持ちで私を見ました。

そして言ったものです。

「そなたには、まことに失礼をいたしました。来世に到ってみてはじめて、そなたの神がインカ帝国の女神であり、その使女として来ていると判明しましたので、私の生きていた頃よりずっと古いことが判りました。霊魂の低い人間には、身の上話をしないなどと申して、申しわけないことをしました。おかげにて今生の恨みを供養してもらい、成仏いたしました。この上は夫と子供と三人して、幸福な未来を生きてゆくつもりでございます。ありがとう存じました。いく久しく、神さまのために、お働き下さるようお頼みいたします」

と、女はその楚々たる柳腰をかがめて、片膝をついて、挨拶をするのが、昔の風俗にある中国風の挨拶なので、さらに私はびっくりしてしまいました。女は私の手をとり、押し頂いて涙さえ流して、いくたびも拝礼をしながら、去ってゆきました。

去りぎわに私を振り返り、にっこりして
「聞きしにまさるお国の事情、全くいろいろのことがあります。あなたさまに一つお知らせいたしておきましょう。天照大神は南方から、ひみこというお方は朝鮮から参っておられました。長い種族の争いの後で、南方の方が勝利を収められたものでございます。あなたは御存知と思いますが、日本の皇室は、この南方系の方で続きまして、そして再び北方系の方に代りました。私の代までは、南方系の方々にいく分北方系の方が加わっておいででした。両系統の縁組みは、私より三代前にあったからでございます。人種の争いの大もとは、いつも権力の争いでした。女はその争いの中で、品物、贈り物でございました。哀れなものでございますね」
と、あきらけいこは小さく笑って、ふっと私を振り返り、夢のように消えて見えなくなったのでした。私ははっと我に帰り、襟をかき合せて、火穴を振り返りました。
二、三個の石をおいた小さい火穴には、かすかな残り火に、たき木が燃えて、立去って行った世にも美しい人のうつり香が、ほんの少し、秋近い甲斐の片すみの空気を、甘やかにしていました。私は何となく涙ぐんで、哀れな麗人の姿を瞼に残しました。
美しければ、悲しき人の、吐息に似たつぶやきが、ひとりの老女を動かしていました。私は内心の乱れに咳込みながら、縁に腰を下していつまでもそうしていました。

「冷えますよ、体にさわりますよ」

と、誰かが声をかけてくれるまで。

夢の中の甲冑武士

小倉宮は、南北朝の争いの中で、大塔宮の弟皇子にあたります。

ある時、菊地一族の後裔というお方が見えました。茨城県の方でありました。

「邸の中に、南朝の一族として忠臣であった私達の先祖がお預りした宝物が、埋められているという話が残っていました。それが全く、不思議なことがありまして」

と、四十五歳、中背、やや肥えた、素朴な女の人が語り出しました。

「私が、菊地の家に嫁して三年目。夫が仕事の都合で、東京に住むことになり、一家が引越しをしようという時に、ある夜、突然に夢の中に甲冑をつけた侍が現れて、

『お前は、この家に残ってくれ。先祖の宝物を守るのだ。菊地の先祖を守ってくれ』

と、涙ながらに仰るのが聞えました。そこで私は、学者の夫が、それはお前の夢だと笑うのと争って、今日まで上京せずに家を守ってきました。実はそのことでお伺いするのですが、はたして、私の夢は正夢でしょうか。それとも私の忘想にすぎないのでしょうか。それをお尋ねに伺いました」

という話でした。

邸の写真を見ているうちに、その甲冑の侍は、はっきりと私の目に見えて、

「お願い申し上げることは、私、菊地一族の亡き皇子に対する忠誠をあくまで貫き通さむことにござりまする。願わくは、菊地一族の心をよみしたまえて、宝物をもってお上、そのまわりの人々を安全に北朝の手より守らむことを」

と、涙をぬぐってのお頼みでした。

私の心はそれに反応して、お上とは、小倉の宮にして十三歳、それにしたがう人々は、御母君の白妙のお方――この方は土地の豪族の娘として、後醍醐帝の側室に上られたる美女、年齢三十一歳、それに、六十一歳、刈藻という女、今でいう女中頭でしょうか。あと、家の子郎党をしたがえて合計七名、菊地一族を頼って落ちてこられた姿でした。すすきしげる稼野の旅、風にも、露にも心をおいて、小倉宮を奉じての落人の旅に、宮は途中から、御風邪気味で、白妙の御方は夜の目もねず、みんなで宮を抱きかかえての落人の道であったようです。

菊地のこの時の当主は三十七歳、中背のしっかりした体格、顎のやや四角い男で、目に優しさのある、眉おきのしっかりした人でした。

地中に眠る一族の宝

「御奉仕奉るは、小倉の宮、天皇の第三皇子、宝物は、南朝の勾玉や武器でありましょう、黄金もいくばく入っております。お邸の北西側、ややお邸のはずれ近く、地下二十数米と存じます、この西北部は、少しお売りになりましたか?」

「ええ、先々代が、止むなき事情にて売りに出しました。その先方という人が、宝物のことを聞き知っていまして、万一、それが掘りあてられた時は、当方にも権利があると仰るものですから、実は心配しているのです」

というお話でした。

「大丈夫、お宅の地内にあります。しかし、大分破損していますし、少し水も入っています。勾玉は、朱に包まれていますが、これは、神宮皇后が持って帰られた宝物の中の一連でございますよ」

と私が申しました。

「いつごろ世に出したらよろしいでしょうか」

と、お尋ねになります。

「そうですね、先祖の方に伺ってみましょうか」

と、私は申しました。

「お願いいたします」

ということでしたが、白妙の御方の心が、まだ結ばれていて、とけていません。

「白妙のお方の御供養をすませてから、一切の存念が片付いてからにしましょう」

と、私の発意でそれから白妙の方の御供養に入りました。

白妙の方は、京都の豪農。ある寺方から出た家に生まれています。当時、寺方は東本願寺と西本願寺に分れて、表面は仲よくみえながら、内部は四六時中争いごとが絶えませんでした。ある時、東方の寺僧に、使い込みがあり、それを西方が大層申し立てて、没落に追い込みました。その時臣下に下った人が、この農家に婿入りして来て、自分の使い込みを補なって貰ったのが縁で、この家は続いているのです。しかし、白妙の生まれた頃はあまり盛大ではありませんでした。家の格式は高貴との縁組みで決まることから、誰かに密かな狙いがあったのでしょう。白妙は、美女であったことから、天皇家のお下に入っていて、やがてお腹さまになったのです。皇后には公卿から立った方があり、白妙は苦労したのですが、根に心のやさしさもあって、人望があったために、とにかく小倉の宮を受胎し奉った頃から、いく分の力は持って来たようでした。

足利尊氏の反逆によって、南朝が崩壊するまで、白妙にも平和で、平安な生活があったものでした。

この帝の皇子達は、みな美しくて賢く、どこかに薄命の相があるのがなおいじらしかったようです。

私が、菊地一族のその家内と、白妙の御方の供養に入りますと、日々、微熱が出て少しも下ってきません。これはまことに煩しい体調で、とうとう我慢の出来なかった私は、十七歳で亡くなった小倉の宮の御供養をもあわせてしなくてはなりませんでした。

目下はお二人の御供養中で、一切がかたづいた時に、改めて私は出張して邸の西北から、宝物を探ることになるでしょう。大分と傷みのきている、それらの石棺は、はたして、掘り出された時、どの位の貴重な品が出てくるか、目下未知数です。けれども、私のまわりの外野達まで騒いでいるのですから、いつかは、茨城まで行かねばならないことでしょう。

地下の品物というのは、形はまことにはっきり判るのですが、地上からその品物を目分量で、しかもその寸法をきめるのが大変です。

地下資源にしても、存在するのは判るのですが、位置がきちんとそれに当たらなければ、発掘することが出来ません。莫大な手間賃がかかることですから、私はそれを考えて、滅多に口を割らないことにしています。人の財産を減らして、すみませんではすまないのですから、なかなか口に出せないのです。山の遭難などでは、その人の姿を見たままに地形を書いて、山岳部の人がその岩や、谷、光景を追ってゆくことで、あわやという時に救い出した例がいくつもあります。しかし、地下のものは、何分にも財力が要るのですから、人の財産に責任はもてません。雪崩の下の人などは、いく人か掘るのを手伝っていますが、これは、掘っている人がいくらかかってもいいと仰っての上ですから、安心して教えて上げられます。しかし、未知の材料は、手間が大変でほんの十センチの狂いが、大きな損失につながるからです。

いつか私がお金持ちになる日があったら、日本海の奥の海中にある、濃度の高い石油を日本のために掘り出したいものです。それこそは夢だといわれるでしょうけれども。

連合赤軍事件

ある日、横浜から電話が入りました。

かすれた女の人の声は、中年と考えられたのですが、今にも泣くばかりの声で、

「お訪ねして、見て頂きたいのです。娘のことなのですが……」

その受話器を耳にあてていると、私の目の前には、いきなり、武蔵野の雑木林が見えはじめて、大ぜいの巡査や、人夫の人達が、何か掘っている姿がうつりました。どこかで見たことのある画面だなあと思っていると、いきなり、言葉が出てしまったのです。

「もしもし、まことに失礼でございますが、あなたはもしや、連合赤軍のリンチ事件の、Oさんのお母さんではありませんか」

答えは、即座にかえってきて、

「はい、そうでございます。どうしてそれがお判りですか?」

「何も仰らないでよろしいのです。そして、いつおいでになりますか。明後日ですと、こちらは都合がよろしいのですが」

と約束して、明後日にこの女の人は来ました。四十歳を過ぎた、普通の女の人で、頬にやつれは

みえるのですが、礼義正しい奥さんです。

「娘は、横浜大学の学生で、学生運動に入りました。無口な温和しい子供で、その世界に入っていることなど、全く知らなかったのです。二年生になった時、突然に家を出てしまいました。そして今度めぐり逢った時は、テレビでその身の上を知ったようなわけで、母として、何とも心残りでなりません。どうしたわけで、こんなことになったのか、また、どんな心持でいるのか判るものでしたら」

と言われるのです。

「はっきりと、お断り申し上げるのですが、私は、来世のことはいたしません。死んだ人のことが判るのですから、一寸聞きますと、未来世のようですが、ほんとうは亡くなった人の今生のこと、つまりこの世におられた時のことより他に判りません。ですから来世のことらしく家族のことを言ったり、気にしているなどというのを、口寄せのようにして話す人がありますけれども、私はあれは嘘だと思います。来世は、私には判りません。判るのは世に亡き人の、今生での出来事で、それは何から来て、どうしてそのようなことになったかという、その因縁なのです」

そこまで言うと、私にはいきなり、日本橋の大通り、商店街の有様が見えてきました。

純日本作りのそのお店は、いくつもの棚をもつ中位の店で、その棚の上には、青く染めて、赤い手のつり手、金色の金具、昔みんなが使っていた、蚊屋のお店です。

「拝見したところ、お祖父さまの代でしょうか。日本橋で、蚊屋を商ったお方があるでしょうか」

「ええ、ありました。なかなか盛大に、蚊屋の商いをしていました」

「頭の少し禿げた目の大きい、くぼんだ目の中背のお年寄ですよ。お嬢さんの因縁は、この人にあります」

その女の人は、さっと青ざめて黙りました。

「老人といっても、この年代では、今では老人に入りません。明治初年、そうですね、明治七年位の頃のことで、この老人は、葛飾方面から奉公に来ていた十七歳の少女、少し頭が不足していると考えますが、この少女を犯して妊娠させたまま少女に暇を出しました。黒と青との大名縞の着物、赤いゴロの帯、前掛けをかけていて、髪は桃割れ、妊娠は五か月です。少女は暇を出されたまま、帰るに帰れず、日本橋から浜町に出て、それから永代橋に向ってとぼとぼと歩いています」

女の人は、突然に声を上げました。怯えてじっと私を見て、

「死ぬのでしょうか」

と、声を殺して尋ねました。

「ええ、折から上げ潮です。永代橋で海にとび込んで死んでいます。因縁はここに発して、お宅の娘さんに到っています」

「わかりました。よろしくお願い申し上げます」

と、女の人は再び顔を上げずに、しおしおと立去ってゆかれました。私もまた、何も言えずにしばらく横になったままでした。

一人の過失が一族の悲運に

次の日、早朝に起こされて、

「お聞き下さいまし、何としてもお話しいたさなければなりません」

と、五十代の男の人、実直そうな人の訪問を受けました。上にあがるなりその人は、

「実は、昨日お伺いたしたものの兄でございます。蚊屋屋の祖父のしたことは、妹の家だけではありません。まあ、お聞き下さい」

と、その人が前置して話し出したことは、さすがの私も声をのむことでした。

この人の長男は、温和で頭のいい大学生であったのですが、恋人が出来て、恋人に子供が出来ました。二人のねんごろな様子に、いずれ学校を出たら一緒にするからと約束してあったにもかかわらず、何を思いつめての結論か、二人は中央線の高尾で鉄道心中をしてしまったのでした。

あれほど、一緒にすると約束してあったものを何を考えての心中行か、今もって私は合点がゆかなかったのです。しかし、妹が帰って来て、永代の入水自殺の女の話をするにおよび、さてはその因縁であったのかと、初めて判明いたしました。

それぱっかりではありません。と、目をしばたたいて、その初老の人は、自分の家で長男の心中、妹の家では娘が妊娠中にリンチをうけ、可哀そうに殺されて、埋められていたのです。その次の弟の家では、妊娠して、離婚され、いまその子を抱いて両親の家におり、その下の妹のひとり娘は、あなた大威張りで、未婚の母。四人が四人とも子供にはずれて、何の因果かと話していたわけでございます。まあ、何としたことかと、今初めて判りました。どうか、御供養下さいまし。

帰ってゆく後姿を、しみじみとして私は見送りました。続く言葉もありませんでした。

浅間高原心中

八王子で、先代から米屋をしている古い店の永田屋さん。人に知られた店で、お願いしてお米をとれば、食欲不振の時にも、少しは頂けるおいしいお米を扱っておいでてした。

ある時、病院から帰って玄関に入ると、一人の初老の女の人が入口に座っております。痩せた人で、あまり健康そうにはみえない人ですけれども、眉の間にきかん気のみえる人で、しっかりものであることは伺われました。

じっと顔を見るこの瞬間が大切で、この女の人には、何がさわっているか、この女の人の上には、どんな運命があるか、瞬間に見抜かなければなりません。強い精神統一力をもって、それを見抜くことは私のする仕事です。私がその初老の人をじっと見つめると、相手の姿の前に、ひとりの女の立姿が現れました。はっきりと、です。

年齢十七歳、寂しい顔立ちの女で、やや背が高く、俯き加減にじっとこちらを見ます。眉の濃い、唇の薄い女で、緑の細かい花柄の着物――多分モスリンか――黒と紫の腹合せ帯、黄色の帯〆めのややくたびれたのをしめて、色足袋、えんじ色のビロードのをはいています。女はじっと私の方を見ていて、初老の小母さんを見せません。私が左によけると左に体を寄せ、右によけると右に体を寄せて、私にその人を見せません。私はいら立って少し声を強くして申しました。

「隠し立てをしても、すぐ判るのですよ。あなたがこの人から離れられない心持はよく判りますが、あなたが立去らなければ、この人は良くならないのですよ。もう四十年以上も経っているではありませんか。これだけ恨んでいたのです。もう許して上げなさい。いいでしょう。あなただって苦しいのではないですか」

と言うと、女はくずおれるように膝をつきました。初老の小母さんは、顔を上げて、

「よし子がいたのですか？　あのよし子が」

と、青ざめてつぶやきました。

「よし子さんといったのですか？　女は十七歳寂しい顔立ちの女です。あなたにとって、何だったでしょう。大変に恨みの深い、存念の強い人でした」

「お話し申し上げましょう。もう四十年近くなります。私の女学校二年の時、私には一人の兄がお

りました。後とりで、頭の良い、きれいな男でした。その兄に、家の奉公人のよし子が思いをかけたのです。兄もはじめはあまり乗り気ではなかったのですが、二人とも十八歳と十七歳ではあり、いつかしらわりない仲になりました。二人はしばしば、庭の大きい銀杏の木の陰で、逢っていたものです。そして、家の方でそのことが問題になりはじめて、父などは大反対。卑しくも古い格式のある家で、奉公人を嫁にすることは出来ない。若気の至りならば、女の家に話をして、然るべく金で解決をするということになりました。実は、そのいざこざの中で、私なども兄とよし子のことを気をつけて覗き見をしたりして、ある時よし子に言われました。よし子はじっと私をにらんで、『お嬢さん、いつかあなたの目をつぶしてみせますよ』と。まさかそのせいではないと思うのですが、何年か前から私の目は、片方緑内症になりましてね、とうとういけなくなりました。その治療の間中、私はよし子の言ったことが気になりました。気のせいだ気のせいだと思いながら、それでも心持が悪うございました。やっぱり、見えますか」

と、吐息をついての落胆ぶりでした。

「お話し申し上げれば、哀れなことです。そうしてごたついていた年の秋に入って、よし子に暇を出し、兄を東京の学校に入れるという決まりになりました。そこで、その三日程前に、兄とよし子は示し合せて家出をしてしまいました。八方手をつくして捜したのですが、皆目行先が判りませんでした」

「待って下さい」

と、私は言いました。

「その先は、私が判ります。私が話すのはよし子が、私に伝えてくるいきさつですから、あなたの御存じよりとどの位一致するか、それは確めてみて下さい」

といって私は、よし子の伝えてくる様子を話しはじめました。

不幸な恋の結末

二人は示し合せて、八王子から汽車に乗り、一度伊香保へ行きました。伊香保温泉で三泊して、心ゆくまで二人の愛情を確め合った上で、いよいよ心中をすることに決めました。女は、大島へ行って、椿の花の咲くところで心中をしたいと言ったのでしたが、男の方はいく分か患っていた胸部の病が、心労と周囲の圧迫で悪化してきたため、体が辛くて船旅はいやだと言いました。そこで二人は、死に場所を浅間山に決め、睡眠薬をたくさん買って、死出の旅に出たのでした。秋の初めの空気は、かすかにはっかのにおいがしていました。しきりに咳の出る男の体を支えながら、よし子は、今生の愛の限りをつくして、二人の全き愛と死に一歩ずつ近づいてゆくのでした。

二人は、水筒の水で出来るだけたくさんの薬を飲み、浅間山へ向かって高原の道を歩いてゆきました。いくらも歩き出さないうちに、まず男が倒れ、やがて女も意識がなくなりはじめました。二人は体を寄せ合っていたのですが、苦悩でのたうちまわっているうちに、次第に体が離れて、二人の体は三メートルほど離れてしまいました。女は、死にぎわに、強い銀杏の木のぎんなんの果肉のにおいを嗅いだと申しました。こうして浅間高原心中は、若い二人の青春の夢を終らせて、長くその存念を残しました。その女の人はしみじみ話しました。

「私は現在の米屋で婿を迎えましたが、子供が出来ませんでした。それで、姪の女の子をもらいまして、家をつがせることになったのですが、どういうわけか、全く結婚する意志がなくて、結婚の話が始まると、泣いて嫌がるのです。二十五歳になりました。これは何かのいわれがあるのではないかと思いはじめ、矢もたてもたまらず、ついに御相談に伺ったのです。お初にお目にかかって、その時にあなたさまからよし子のことを申し出されるとは、夢にも考えてみませんでした。私達も兄に理解のなかったこともあり、たかが米屋の身代でと、お思いになるかもしれませんけれども、当時は今考えると全く不自由な時代でございました。兄とよし子の思いがここまで生きて祟っているとは、思いもかけなかったのですが、考えてみれば、無理もないかもしれません」

「お二人の存念が終われば、きっと結婚をなさると思います。女もここまで話をしたのですから、御安心なさっておまかせなさいませ」

何度も礼を言って、立去ってゆく人の後姿を追って私は申しました。

「お庭の大銀杏の木は、切ってしまわれましたね。今、お店の真中がその木のあったところですか」

「そうです、よくごらんにもならずに」

「はい。ここにいて、判ります。その昔のお庭の様子も、大きい銀杏の木の姿も、そしてその後の土の上に出ている根に腰をかけて、二人が不幸な恋の話をしている様子も。よし子は紫に白い紐のついたモスリンの前掛けをかけていましたでしょう」

「はい、そうです。家では奉公人に夏と冬にその前掛けを出したものですから」

と、女あるじのその人は、寂しげに、笑って頭をさげてゆくのでした。

第四章　死者の世界

霊の住むところ

因縁について、これだけ書いて来て、死と死後についてやはり一言書かなければならないと思います。

個人の経験などというものは大きい生死の問題からいえばささやかなものです。生涯をかけて結核を患った私は、肺から腸、腹膜、喉おしまいには腎臓まで冒されてたびたび死の危険に陥りました。

これらの生活の中でお医者さまが、

「御臨終です」

と、時計をポケットにしまわれた時もあり、それに加えて全くのＳＯＳが七回位ありました。

死とは一体何でありましょうか。

人は、必ず生命を得て、生活を始め、その初めから、死については、考えるものです。また決まっているものでもあります。

死とは、一体何でしょうか。これを考えない人はありますまい。そして、仏教によっての死の観念、死の解説、またはその他すべての考えはたくさんあります。

肉体の形を置いておくことによって、やがて再び魂が戻って来ると信じる習わしから、肉体が滅びたその時からすべて無であるという唯物論までいろいろあります。しかし、私の死に対する考え方は、それらと全く違うものです。

ある時、ある人の因縁について話していました。一通りの話がすんで、その人が他の人と話をして私を呼んだ時、私の足に、犬のまつわる感触がありました。

見えてきた犬は、首のところの毛が素晴らしい金色に輝く大きいブルドックでした。

犬のいうには——これが、私の書く物、または話すものに出てくると、みんな笑うのですが、動物が、人間に語りかけることは誰でも知っていることです。みんなペットには、話もしたり、心の中を打あけたりするくせに、私が言うと笑うのです……。

その犬がいうには、自分は大層この人にお世話になった。高いお金を出して買って貰って、たった一月たたないうちに死んでしまった。病気は犬屋にいる時からのもので、後発したものでないのに、死ぬ時にも十分な手当をして頂いた上に、お庭に埋めて頂き、本当に嬉しかった。この上は、きっと御主人に十分な御恩返しをしたいというのです。私は、その方に言いました。犬を飼っておいでになったことがありますか。ブルドックで、金色の毛が首にふさふさとある犬です、と尋ねると、その人はびっくりしてとび上がり、

「ありますとも、その犬は、可愛く思っていたので、今でも忘れてはいません」

と。そして私が、その犬はこういっていますといいますと、相手は、涙を流して喜ばれました。私はよいことをしたと思うのです。

この犬は、死後、どこにいたのでありましょう。私が、広い宇宙から、拾ってきたのではありません。この犬は、相手の人の中に入っていたものに違いありません。

私は、死について、いくたびも苦しい目にあっています。

体が、いけなくなって苦しむたびに、私には体の大きい女神様が現れて来られて、叱るがごとき口調で、言葉をつくし「使命を果たさずに、死んではならないぞ」と、引きとめられたことを、たびたび書きました。死に臨んでは、その首根っこをつかまれ、連れて行かれて、見せて下さる世界は、ある時火の山であり、ある時は針の山でした。暗黒の世界でもありました。

冷たい水のしたたる崖の上に、たくさんの人のいたのを見たこともありました。しかしそれが、そのままにあるのでしょうか。

死者の誘い

ある霊は私にこう語りました。

自分は、Kという家の先祖の女です。Kの家のある人が、あなたのところにK家の女を供養して頂きに来ています。その女は明治三十年、K家の岐阜県大垣の町はずれの農家で、姑と折合わずに離婚になり、家に戻されたのが残念で、長良川に投身自殺をしています。その人の霊を、そこまで持って行った第一因縁に私がいます。私は文政の年代に、大垣藩の納戸役をしていた三十七歳の侍の妻にて、些細な出来事をもって姑に去られ、その恨み忘れ難くして、同じく長良川に投身自殺をしました。その時の恨みが忘れられず、かくは子孫の一身上に、自分と同じ身の上の女を作りました。そして、繰り返しその女の泣く声を聞くのは、せめても自分の腹いせになります。そして自分のなしたるごとくに、女が、とつおいつ、苦しみながら、長良川の河原を歩いているのは、何という楽しい、胸のすくような思いでありましたでしょう。

女の体が、水の中に徐々に沈んでゆくのを、自分は楽しみながら見ていました。そして、自分の不幸、その恨みの深さを惨々に泣いたものです。

と言いました。

そして、K家の家の人と、私とで供養した明治三十年の女が、私に語ったのはこうでした。

姑の無情に耐えかねていた時に、近くの村に住む兄嫁が、朝となく夕方となく私の宅に来て、姑はお前のことをこう考えているとか、こう言っているとか、それは聞くに耐えないことを申しました。姑との折合いのまずさだけでも十分なのに、兄嫁のつげ口は私を追い込み、どうにもならないところまで、私を悲しませました。そして私が、死にたい、死にたいと口走るごとに、その兄嫁は冷たい笑いを口許に浮かべて、いかにも面白そうに、さあ、死んでごらんといわないばかりに、私をあしらうのでした。私はとうとう我慢が出来なくて家に帰ったのですが、家に帰ると決めたその夕方のことを、私は忘れることは出来ません。納戸で手回りの荷物を片付けていると、すーっと一人の女が入って来ました。また兄嫁が嫌みを言いに来たのかと思っていると、何も言わないで、じっと立っているのです。振り返って見た時の私の驚きをお察し下さい。髪を、昔の高い丸髷に結って、お侍さんの奥さんの風俗をした女の人が、着物は薄い鼠色のを着て、じっと立っているのです。

「どなたですか」

と言うと、冷い顔で、じっと見て

「この世に恨みのあるものです」

と言うではありませんか、私は腰が抜けるほどびっくりしてしまいました。その女の人は、その時は消えてゆきましたが、私が、家に帰る時には、家までついて来ました。そして、それからはたびたび私の前に立ったり、後から私を押したりします。

死のうと決心して、長良川の河原を歩いている時にも、いかにも早く水の中に入れといわんばかりで、ともすれば、手を引っぱりかねないのです。私はもう万事が面倒臭くなって、思い切って水に飛び込みました。鼻と口からいっせいに、水の入ってくる時の苦しさ——水死の人に憑霊されますと、喘息および結核となって、この苦しみをいたします——。やがてその苦しさがすーっと抜けたと思うと、私は真暗な中に、どすんと投げ出されました。しばらくは手足が自由にならない感じで、じっと横たわっていました。ああ、私は死んだのだなあと認めることが出来ると、手足が急に軽くなって、ふわふわと気体のようになりました。その真暗闇の中から、やっと這い出したところは、大きい川の岸辺の湿った砂や、葦のはえた大変土の黒いところです。起き上って、その川のきに立って、この川をまた渡ってゆくのかと、私はいささかがっかりしたものです。ところが川の向こうをみると、例の女がじっとこちらをみて立っているではありませんか。そして手を上げて、おいでおいでをしているのです。私は思わず、引き寄せられるようにその川を渡りました。川の水は長良川に飛び込んだ時のように冷たくはなくて、私は何の苦しみもなく、その川を渡り、例の女の人の側に近づきました。女はいつになく気嫌よく、私を迎えて手をとらんばかりに懐しそうに迎えて申しました。

「お供養が届いたのですよ。K家は一家一同が集って、楽しいところにいるのですよ。そして私達も、漸くその仲間に入ることが出来たのです。嬉しいことではありませんか。もう恨まなくてもいいのですよ。みんな救ってもらったのですから」

と嬉しそうにいそいそしているのです。

そして例の侍の女は、先に立って土の少しある川岸から、青い芝のある丘を上りはじめました。見上げると、遙かに美しい緑の丘があって、そのスロープのきれいなこと。その丘の上には、白木の新しい大きい立派な家があり、広い座敷があります。その白木のにおい立つような座敷のあちらこちらに、立っている人あり、座っている人あり、みんな清らかな白衣をゆるやかに着て、何やら楽しそうに笑って話しています。芝の小道のつきあたりに、小さい人間がいて、私とその女の人とを眺めて何か聞きました。その女は、白紙のようなものをその小人に渡して、白木の家に入って行きました。家長らしい体格の立派な男の人が、

「わたしはK家の初代である。数々の御修業を嬉しく思いますぞ。これからは決してここを離れず、永い命を貰いなさいよ」

と言って下さったのです。私とその女は、それからこの家の中で、みんなにいたわられて、楽しく暮らしています。その明治三十年のK家の女は、長い物語をした後で、立ってゆきました。

因縁の要素・悲哀と恐怖

死後の世界とは、どういう世界でありましょう。たびたび今生に亡き人は、私の前に姿を現しま

すが、それは主として今生のままの姿であり、大阪夏の陣にしても、細川ガラシア事件にしても、背景をなすものは、みな今生の姿です。私は、今生の人より他にみることが出来ずして、いつも、死後の世界は、私には不明なのです。

ただ、はっきりと判ることは、死後の世界は、いくつもの段階に分かれていて、今生を終った人は、その終わりかたの形によって、いくたびも、いろいろなところを通るのであるということです。今生に思いを残しているものは、その思いの解消することが出来るまで巡礼をして歩き、その様子は、さながら今の世で自らの救われたさに、神社仏閣を参り歩くのと少しも変わらぬもののようです。

悲哀が、人間の欠くべからざる精神生活の一つの持ち駒としますと、恐怖もまた人間生活の中では、忘れてしまうことの出来ない一つの要素です。

恐怖は、因縁のほとんどの中にあります。五十年の間、いつも夜半の二時に何者にか突きとばされるようで、目が醒めては恐れていたSさんは、私を訪ねて来た時、全く考えもおよばないような条件で、身内の人から財産を奪われ、目下訴えて裁判の真最中でした。なぜ、そのような不当な財産横領を企てられなければならないか、本人のSさんにも考えられないことであり、前世によほど罪を作っているのだと、Sさんは考えていたのでした。

幸に私に巡り遭って、その解説がされました。奥州の庄内藩であった先祖が、何等かの出来事で藩主の不興をかい、夜中に討たれました。その時の当主は、三十八歳。体格はSさんそっくりで、気性もよく似ています。どんどんと戸を叩いて、討ちに来られた時間は、同じ二時、その時間に討たれて、家は没落、一家離散の浮き目を見ました。その時の同じ時間に、Sさんは毎夜飛び起きるのでした。この解説が出来ると共に、Sさんの飛び起きるということはなくなりました。そして裁判も良い方へ持って行かれつつあるというので、Sさんは今でもわざわざ山梨まで時々参っておられます。

幼い子供が、怯えて、鳥、鳥と言って泣き出す発作で訪ねて来られたHさんには、先祖で、こういう人がいました。

武蔵野の地方郷士のHさんの家には、将軍のお鷹狩りの場所がありました。Hさんの先祖の中背で顔立ちのなかなか美しい若者が、志願して、鷹匠になっていました。

ある時、どうしたわけか、お鷹が気を立ててひどく暴れ、その若者に飛びかかって、すでに眼をやられたかと思った時、思わず刀を抜いてお鷹の首を落としてしまいました。その時、若者は、お殿さまの勘気を蒙り、切腹になりました。その存念が残っていて、この幼い人に表れ、幼い人は、鷹に襲われては鋭い口ばしで顔を突かれるため、苦しむということが判りました。

切腹になった鷹匠の若者と、お鷹とを、Hさんが供養することによって、その鳥に対する因縁は終わり、子供は再び泣くことはなくなりました。やがて三百年におよぶというこうした鳥の存念がいつまでも幼い人を恐怖にもってゆくなどということは、何というしつこい、そして不思議なものでありましょう。人は死に、時は移りつつ、なお不変なるものであり、人の存念は残ります。死は決して人の存念を打ち消してはいないということの、強い証明でなくして、何でありましょう。

殺人と血友病の因縁

鳥の話がいま一つあります。殺しです。

Aさんは、実直な自動車運転手です。

その健康な妻との間に二人の男の子があるのですが、長男が血友病という診断です。血友病は不治の病とされています。

そこで、Aさんの病源をAさんの長男さんの中から見つけてゆきました。Aさんに、時折同じ夢を見はしないか、何か恐しいうなされ方をしはしないか、と尋ねてみました。Aさんは、答えました。

風が冷たく顔の上を通り、どうしたわけか深い手傷を負って土手の窪地に倒れている。とても体が苦しくて、漸く息をつくようです。自分の体が横たわっている上で、木の葉が、がさがさと鳴っていて、そして何の鳥か、強く鳥の羽ばたく音がするのです、とAさんは言いました。

それは、こういう解説になります、と私はいいました。

仲秋の月のかかっている夜、Aさんの家に旅人が宿を乞いました。寛政年間のことです。旅人は、ある町から一つの町へ行くために、この部落を通りかかりました。旅人は、小金を貯めて、行く先の村で新しく仕事を始めるつもりでした。一夜の宿を頼んだAさんの先祖に——その時Aさんの先祖は、五十歳を少し出た屈強な農夫でした——小金を貯めて、これから新しく仕事を始めたいという話をしました。圧政の下で、年貢金にも困っていたAさんの先祖は、その夜寝静まるのを待って、旅人を殺す決心をしたのです。Aさんごめんなさい、と私は言いました。あなたには何の恨みもありません。そしてこのことは、決して心に何か含むところがあって出した話ではありません。人は誰しも、自分のなすところに、いつも全責任を持っているわけではありません。どのような先祖が出てしまったにしても、それはいささかもあなたの責任ではありません。むしろ、その因縁のために、あなたやあなたの子供さんが苦しむとしたら、それは過分のサービスと言わなければなりませんと。

この時、殺された旅人は語りました。暖いもてなしに十分に満足して、ぐっすり眠りについたと思って下さい。旅人が自分の傍に人の気配を感じて、はっと目を醒ますと、先程まであんなに親切にしてくれていたこの宿の主人が、草刈り鎌を振り上げて、つっ立っているではありませんか。殺されると思った瞬間、なぜ殺されるのか、ちっともわけが判らないのです。しかし、その表情を見て、はっとして判りました。ああこの人は、私を殺してお金を奪うつもりなのだと。そうはさせじと、旅人は走り出しました。逃げ出して、裏口から外へ走り出しました。入口を回って、土手に通じる道を駆け上りました。相手も必死です。追いかけてきました。私はいくたびも転びながら走って行きました。土手を上り切ると、青桐の木が三本あります。その木の下で、私は追いつかれ、いきなり後袈裟に切りつけられました。切られながらなおも二、三歩、歩きましたが、最後の一打ちで、斜めに腹部をやられ、私はどさっと、青桐の下に倒れました。青桐は大きく揺れ、止まっていた鳥が、がさがさと羽を直しました。主人は、何か取りに行くのでしょう。もと来た道を引き返して行きます。再び鳥が羽を直しました。その音を現実に聞きながら、私の意識は次第に薄れてゆくのでした。もう駄目だと私は思いました。なぜ、こんなところで死んでゆくのかと考えると、私は全く自分の不運に舌打ちしました。

全身の血液が出尽くして、私はふっと気がつきました。砂の中に石の混じったような土地で、私は立っていました。目の前に川があって、それを渡るわけです。ふと私は前を見ました。私を殺した主人が立っています。私は大声で怒鳴りながら、主人にむしゃぶりついてゆきました。さんざもみ合って、ねじ倒したと感じて、ふと手を離すと、相手は十二歳位の子供になっていました。どうして、相手が子供になったのか判りません。私はびっくりして手を離しました。子供は手や足が痛いのか、いつまでも泣いていました。私は、何か気がすんだような心持で、子供の泣き声を聞いていました。

Aさんは、この人の供養がすんでから、私の言う田舎の土手と、自分の家に行ってみました。そして、三本あったはずの青桐の木が、いまでは一本になってしまっているのを見ました。私の言う殺された人の横たわっていたくぼみに、お線香を立てて深く頭を下げて、謝まって来たと話しました。とうてい良くなると考えられない血友病の坊やが元気になり、学校へ行き始めたのはそれから間もなくのことであり、Aさんの夢の鳥の羽音もしなくなりました。

殺された人が、相手と思ってねじ伏せたという十二歳の子供は、この因縁によって病気になった十二歳の子供のことであったのでしょう。私はこのことを恐怖するのです。

生ける者のごとく死者もまた

彷徨《さまよ》える霊は、誰をねじ伏せ、誰に仇をするかということは、全く不明なのです。

私によく怒って尋ねる人がおります。

「そんな人に、因縁つけられるいわれはありません。とんでもないことです。早速に、追放して下さい」

と。けれども、身内のそんな言葉で、引っこむはずがありません。押せども、突けども、利いたものではないのです。

そのききわけのないこと、そのわけの判らないこと、まことに現世の人々と少しも変わらないのです。一年かかってなお、打ち払うことの出来ない人などもあって、死してなお、魂魄この世に止どまりてというのは、歌の文句ばかりではありません。まことに恐ろしきは、人間の思いです。

さて、私は人間のいろいろの存念について、その執着について、ここまで書いてきました。そして、あとはただ一つのものを、残しているのです。それは何でありましょうか。残るは、ただ一つ恋愛です。

恋愛については、すこぶるデーターが不足しています。

人生最大の要素の中には、生死とならんで、恋愛があります。

心霊のことをあれこれといろいろ書いて来ながら、はっきりと、手に握れるほどの愛情について書いてはいませんので、愛情とその存念について、結論を出してみたいと考えています。

生命、生きて生活するというものが、永遠であるならば、死もまた永遠でなくてはなりません。そして、生死が永遠であるのならば、愛情もまた初めて永遠であり得るものではないでしょうか。

まことに少ない恋愛の中から、わが愛せしというものをただ一つとり上げたいものと考えます。老女恋を語る、また楽しからずや、と思ってお読みになって下さい。

第五章　恋　愛

最後に残ったこの一つの表題は、かなりの不思議を含んで来た私のこの著書の中では、甘くも、暖かくもあるものと信じます。一身上の不幸は、明白にして来ても、幸福は何一つ書くこともないと思ってきた私が、この告白を敢ていたしますのは、人生のいろいろの論理にくらべて、恋愛は、やはり重要な、欠くべからざるものと信じるからです。

天王山心中

昨日の客は息を切らせて、大阪府天王寺にある自分の邸に起こる、数々の怪奇について話しました。

その邸に入ってから、主人は事業不振になり、子供達は次々に病んで、良いことは全く一つもありません。その上、その邸の離れの座敷に寝た姪が、夜半に夜具の側に誰かが寝ていて、にこにこしながら、こちらを見ているのをはっきりと見たのです。十代の終わりに見える、下町姿のようなその女は、やがて立って、開き戸を開けて出て行ったといいました。その姪は、そのあと何れほど伯母にすすめられても、その離れ座敷に泊まりません。おかしな子だよと言われながら、すっかり敬遠したといいます。その家の長女がまた、夜中に大そうなされ、お姉ちゃんが来た、私を抱いて上げると言って冷い手で摑まえるのと言って、泣いて寝ないというわけです。

たまりかねて、座敷の全景を写真に撮って来たけれども、何がさわっているのだろうかということでした。

座敷の写真を見つめているうちに、私の目の前（これは、みんなが聞くのです。ほんとに、いろいろの現象を、生きている目が見るのかどうかと……そして私は、いつも、答えに困るのですが）に見えて来たものは、次のような光景です。

文化二年、大阪市内が、商売のメッカとして発展途上にあった時、大阪梅田の商人がこの土地に別荘を作りました。ひとり娘の体が弱いというのが理由で、時たまここに出養生に来ていたのです。その時、ここから一キロ位離れた、五重塔のある古いお寺——このお寺は、後日捜してもらって今もあるお寺であることが判りました——そのお寺にいた、但馬から来た若い坊さんと恋愛関係になって、二人の仲を厳しく阻まれ始めました。父親や、目付けにつけられた女中の目を盗み、そ

の戸口から男に逢いに出る娘、座敷で男の来るのを楽しみに、にこにこしながら寝ている娘、その姿を私はみんな見たのでした。そして、娘の病気も思わしくなく、修業中の坊さんもお師匠さんに知られて、強く叱責されたため、二人は恋愛の前途を悲観して、ついに心中することにふみ切ったのです。ある秋の夜、男は白衣で娘の家に来て、——衣をきちんと畳み、仏さまの前に供えるように置いて来たのが判るのですが——二人は、午後十時に男と女との営みを、烈しく愛を込めて行為し、十一時に男はまず刃物を持って、娘の胸を刺しました。

「もう、ここのことで苦しまなくていいのね」

と、娘は、にっこりと笑って、男の腕の中で息を引きとりました。男は、娘の体にまたがり、見事に切腹して、折り重なって終ったのです。この言われ書きを書き、私の家で供養いたしました時、供養者は、灰の中に、まざまざと絣模様の娘の着物の姿と、白衣の血にまみれた若い僧の姿を見て、今更に恋の存念の恐ろしさに身震いしたものです。その後、その家の離れには何事もなくなり、子供達もみんな健康になり、私は大層喜んでもらいました。なんと哀れなことではないでしょうか。

有島武郎心中の真実

私がまだ少女で、婦人雑誌の記者をしていた頃のこと、例の軽井沢心中の有島武郎先生や、波多野秋子さんを知っていました。

お秋さん、つまり秋子さんに初めてお逢いした時、本郷区にあった婦人公論社の薄暗い二階の踊り場で、私はあの人と行き会い、階段の途中でそれこそ血の氷る思いをしました。階段を下りてくるあの人の後から、黒絣の着物に、白縞の小倉の袴をはいた若い男、しかも白線の入った高等学校の帽子を覆った男がついて下りて来たのです。すれちがいがてらにその男と触れると、死者特有のぞっとした冷たさが私の体に流れて、目がくらみ、冷汗が流れて、私は、危く階段から落ちるところでした。

「どうしたの？」

と、お秋さんは、その清婉《せいえん》な目で私を見つめちょっと笑って下りて行ってしまいました。

その次お秋さんを見たのは、有島先生との恋愛問題が、当時のマスコミの知るところとなっていたころの、六月の雨の降る神楽坂でのことでした。

お秋さんは、新しい下駄を買ったらしく、その紙包みを持って、蛇の目傘をさして紫のコートのあでやかな立姿でした。

「どこへゆくの？」

と私に微笑みかけました。

「あなたこそ、どこへゆかれますの？」

と尋ねながら、私は、お秋さんの後に、この前に見た高校生ではなくて、ひとりの女の人を見ました。ひさし髪の束髪に結って、白い細い柄の着物を着て、帯を大鼓にしめたその女の人は、いかにも良家の若き人の姿をして、俯きがちに、とぼとぼとお秋さんの後をついてゆきました。

あの人は死ぬ、これが最後だと、私は比ぶべくもない深い悲しみを覚えました。その時、立木の茂る、古い邸の内の十畳位の部屋に、私は向かい合って座られた有島先生とお秋さんの姿(霊視)を見ました。それが、軽井沢の有島先生の山荘であったことを、私はお二人の最後が明白になってから初めて知ることが出来ました。恐らくは、あの姿こそお二人が死を前にして、何かの話をしておいでの姿であったのです。当時、マスコミはお二人を捜していました。しかし、十九歳の少女がありありとその姿を見ていたからとて、何をどうすることが出来たことでしょう。今も昔も、私は、無名のひとりの女にすぎません。ただ霊視の出来るだけの。

智恵子狂気の真相

高村智恵子さんとは、二十年にわたる高村光太郎先生を通じてのお近づきでした。そのうち、前半十年は私が外出出来ないカリエス療養の生活で、岩手県山口山の山荘にお伺いしたくても、お目にかかる機会はありませんでした。本郷林町のお宅には、友人達がよくお伺いしていましたが、先生が毎月私に送って下さった、当時の金三円のお情は、今にして十万円位の値打でもありましょうか。薬代に米代に、病中の私を助けて潤して下さったものです。深謝しております。

智恵子さんの憑き物を初めて見たのは智恵子さんが薬を飲んで自殺をはかられた時のことです。先生が例の達筆でお書きになったお葉書で、智恵子さんの自殺未遂のお知らせを読んだ時でした。古い邸の土蔵のある造り酒屋の裏、別棟の土蔵の中に、年齢三十七歳、痩せた顔の細面の色の悪い男が、ノイローゼのために暴れたりして、格子の入った部屋に入られてあり、その人が憑霊として智恵子さんについているのが判りました。私は、その頃から言っていたのです。

「智恵さんは、きっとノイローゼになられるわ。あの霊は決して引きそうもないから」

「どうして、その霊が引かないと判るの?」

「あの霊は、自分の事業の失敗で妻に捨てられ、妻を追いかけて、狂人のように野原を走って暴れて手におえなかった人なの。女への情の絡んだノイローゼは、なかなか執着が強いから。それにかかると、その男の人を呼び出して供養するまでとれないと思うの。女のノイローゼは大体が男の執着、そして、男のノイローゼには、女のそれで亡くなった人がついているんです」

私の友達は、その頃よく高村先生のお宅に出入りしていたので、私の言ったことを、しばらく気にしていましたが、やがて忘れてしまっていました。智恵子狂気の話が伝わったのは、それから三年位してのことでした。

憑霊は、みんな目に見えます。三島由起夫さんについていたのは、渡辺華山の霊なのです。このルートは全く不明ですが、由緒正しい三島家にあっては、刑死した華山とどこかでつながりがあると思われます。何よりも面白いのは、講談に出てくる平手酒造の憑霊は、丸橋忠弥なのです。きっとどこかでつながりがあると考えられるのですが、今は忙しくて、講談や歴史上の人物についている霊を一々明白にすることは出来ません。いつか私がもし、生活の安定が立って好きなことを、好きに勉強出来る日がきたら、いろいろの人物と、その憑霊について、もっとたくさん判ることが出来るでしょう。

何人の行動にしても、この世に生きて働く限りは、必ず、古き今生に亡き人を背負っていない人はありません。そんなことはないと思うのは、自分が知らないからだけです。信じないからだけです。

有名人のそれぞれの憑霊を見るのは、何とも面白いものですが、アメリカ大統領であったケネディ氏の家のように、虐殺されたインディアンの霊がついているのは、よほどしっかりと供養をして、その憑霊を取り去らない限り、不幸はいつまでも続くものと考えねばなりません。老父の夢だけでは、一家一門を助けることは、とうてい出来ない相談です。

不吉な入水者の夢

さて、私は自分のことを、ここで書かなくてはなりません。本当に、恥だとか外聞だとかいう、人間のごく小さい問題をとり去って、一切を告白いたそうと思います。

たとえ、病身で長い療養生活を送ったにしても、七十年の生涯の中に、いくつかの恋愛に似たものは持っています。一人前の女の生活が不可能でも、それはそれなりに自分にも他人にも、恋に似たものが道筋にありました。そうしてみれば、書き残すものが一つもないと白を切るのも、偽りがましくていけません。

昭和二十九年、五十歳、愛する私の生みの子供は、未だ横浜刑務所にて受刑中です。

その年の九月に東京を引きあげて、私は山梨県猿橋町の現住所に、その終の住家を決めました。子供が刑を終わって、出所して来たら、長い別れの月日を取り返して、彼が妻を持ち、子供を持ち、平凡で平和な母と子の生活を送るためでした。

もしも、運命の巡り逢いというものがあるとしたら、私と故人Yとの出合いは、まさしくそれに似ていました。Yはこの町の開業医であったのです。

私達は、ごく自然に人を介して近づきになり、結核治療についていつも一週間に一度ずつ注射に通うことになりました。無口で人づきあいの下手そうな、口の聞き方も朴訥で、何の特長もない人であり、素朴なだけがとりえのような人でした。この人との半年にわたるつきあいの中で、私は、自分の子供が前科者として世間に出て来てから、それからどうして生活をするかを考えること、計画することに手一杯でした。そんな日々に私は時折、何人とも不明な男の人の死体の前に、大層自責のようなものを感じながら座っている夢を、よく見るようになりました。その夢は、いつとはなしに私が見るようになり、そしてその死体が、白布の上に濃い茶色のどてらを着て、真黒い髪の毛が水に濡れているのを、私は見るのでした。そしてその死体には、枕元にちがい棚があり、そのちがい棚は、エジプト模様なのです。いろいろの人が、人形のような衣装をつけて、頭の上に壺をのせてせている絵なのです。あまりにも、しつこく見えるその夢は、次第に私を疑問の中に落ちこまゆきました。この死体は一体誰であり、このちがい棚のある座敷は、どこであるかということでした。夢が気になって二か月、お正月が来て、ある日私は、お年始に伺ったY氏の家で、ぜひとも上ってゆくように奥さんに勧められて二階の座敷に上りました。一年近く、下の診察室には一週間に一度ずつ来ていながら、二階に上ったのは初めてでした。

型通りお屠蘇《とそ》をよばれて、初めて見る位に機嫌のいいお医者さまの笑顔の前で、田舎料理のおせちをよばれながら、尋ねられるままに、身の上話をしていました。私は、主人が席をはずしたちょっとした間に、ふと床の間のちがい棚を見て、そこにエジプト模様をはっきりと見つけたのでした。私は驚き、目を見はって、そのエジプト模様をしみじみと見つめました。それに気がついた奥さまが、不思議そうに私を見て、

「この戸棚の柄、珍しうございましょう。この家を建てました時に、主人が好みであの柄を選んだのでございますよ。私は何だか、気味が悪いと申したのでございますが、大変に、気に入っており

ましてね」

と、申されました。

私に何という言葉があったでありましょう。まさか、その前に横たわる死体が、Y先生だと考えられはしません。それは、まさしく私の錯覚でもありましょうか。私はお料理のすすめもそこそこに、その場を立っておいとまをいたしました。

そして、そのことは自分の錯覚として、なるべく忘れ去るために私は努力をすることにいたしました。

顧問医の恋

そして、その年は夏から秋へ。あまり自信のない私の貧しい生活は続き、庭の白萩がやさしい花をつける秋になりました。その頃から、夜の八時が来ると、私の病室の唐紙が、一か所ぼっと明るくなって、ちょっとテレビの画像のように四角く、螢のように光り、そこに一人の男性の横顔が映るようになりました。時間にして八時、初めは午後の熱の去った心持のよい時間で、夢のようでもあり、幻のようでもありましたが、それが毎日映るようになると、さすがの私も気がつきはじめました。

ものの十日も経った時、たまたま来合せた友人に、それを見せました。友人は

「こりゃあY先生じゃないか、どういうわけなんだ?」

「どうって、知らないけど」

「知らないけどはないよ。何か特別な二人の関係があるの?」

「とんでもない。そんなものはないわ。私が子供のことでいつも頭が一杯で、他の人のことなど考えていないことを、あなた知っているじゃありませんか」

と、私は言いました。友達は重ねて、

「けれども、人の心霊がこり固まって、ひとつの姿を現すのは、よくよくのことなのだ。これを生き霊と言って、自分の体を抜け出してくるのだからね」

「そんなことは知っています。でも、一週間に一度は注射をして貰っているのですからね、私には少しも判らないわ」

友達は大層笑って、

「君には、恋愛不感性のようなところがあるんだよ。男の人の思い込み方なんていうものは、そんなに表面立ったものではないから」

と言いました。

私はまだ首を傾けていて、その首をもどすことをしませんでした。そのうちに、Y先生はおかしな評判を立てられはじめました。実の母親が病気で、呼びに行っても来てくれないので、他の先生を呼んだとか、誰にも同じような薬をくれて、病気によって違った薬をくれないとか、何だか様子が変で、ちっとも頼りにならないと、そんな噂が立ちはじめました。

顔を合わせても、もとから無口の人で特別の話もいたしません。ただ、次第に不思議な表情をなさるようになりました。私とても、女であってみれば男性の内的精神の表現する表情や様子などが、判らないわけではありません。これは、用心をした方がよいのかなと思いつつ十月に入りました。

ある時、Y先生の自動車の運転手さんが私を訪ねて来て、話があるということでした。彼は朴訥に言い出しました。

「お前さんは、判っているだろうと思っていたけれども、あれではあんまり可哀そうだ。先日も子供の風邪で来てくれといったのですが、子供の部屋に上るでもない。縁側に腰を下して、後手をつきながら、じっと木の葉の散ってくるのを眺めているのですよ。あれほど役に立った人が、あれほど馬鹿みたいになっているのは、一体何のせいだか判っているのでしょう」

私は仕方なく言いました。

「でも一体、どう出来るというのです。私は、子供が牢に入っているのですし、あの方には妻子がおありなのですよ」

「妻子などというものは、あるところまでですぜ、男がひとたびそれ以上になれば、何にも歯止めにならないのですよ」

「でも、私がどう出来るというのです?」

「だから、困っているのです。助けてあげることが出来なければ、せめて目の前から、消えて下さらないですか。切なく思いなさるでしょうが、いつかは、諦めてくれるでしょう」

私は、その言葉を困惑の中でききました。

いま私は、この土地で、出所してくる子供を待って、人生の再出発を計画しているのです。Y先生に思われたことで、自分の貧しいけれども一生の終わりに実行しようとすることを、水泡に帰することは出来ません。私は、困惑の末に、今しばらくこのままで、自分の計画を実行してゆくつもりでした。Y先生も子持ちです。二人の子供を持っておいでです。一人の男性として、社会的にも仕事を持って、この田舎の町では有名人の一人です。自制力もあり、自己への責任もおありのことと信じたのでした。

山峡の町に、秋が深くなって、冷たさが朝の粉雪を舞わせる十一月に入ったある日。心臓発作で呼びにやったY先生は、とるものもとりあえずに来て下さったのでしたが、私は、そろそろここいらでお医者さまを変わろうと決心をしていました。少しでもよくなったところで、お医者さまが変わっても、大丈夫だと見通しをつけてと考えていたのです。

テレビのようにY先生が、日々唐紙に映る姿は続いていました。その痩せの目立つ面立ちを見るのは、私にも辛かったのです。その日は、運命に向かって石の投げられた日でした。

Y先生は、ついに私に告白をされたのです。自分は、一切を捨てて、この町を出てもよい。カバンを一つ持てば日本中どこへでも行って働くことが出来る。四十五歳だが、やりなおしをしたい。ついて来てくれるかということでありました。私は現在の身の上のこと、やがて出所してくる子供のこと、自分は決して健康ではないので、たき木折りたいて、台所をしながら、無医村の患者を扱かう仕事などとても出来ない。足手まといになるということを申しました。けれども、Y先生は、私の子供が出所したら、つれて来て一緒に暮らしてもいい、どうか一緒に逃げてくれないかといわれたのです。が、今日まで五十年、男さんの希望もなかったわけではない自らの歴史に汚れをつけずに暮らしてきたのは、ただ子供への操があったからだと、ついに私は頷きませんでした。

悲しい破局

失意の中を、自動車に乗って、帰ってゆかれるY先生を見送り、私もこれで別れをする決心をしました。明日、そしてもう一度会計をかたづけて御縁を切ろうと、私はお金をかき集めました。

次の日、私は朝のうちに会計をすませるためにY先生の医院にゆきました。

医院には誰もいなくて、Y先生ひとりでした。いつもの注射をして頂き、気まずいので急いで帰ろうとしますと、先生は、医局の窓をあけて、

「一寸お待ちなさい、お薬を上げます」

と仰いました。

その顔を小窓の中に見た時に、とっさに私は、あ、殺される、と思ったのです。私は逃げ出しました。とにかく、逃げたのです。漸くの思いで門を出て、二百メートルを歩かないうちに、私の目の前は真暗になり、私はそのまま倒れてしまいました。あとは、全く知りません。あとで判ったことでは、町の人は倒れた私を、Dという知り合いの家に運び込み、D家の私の友人は、すぐにY先生に電話をして、すぐ来るように言ったのだそうです。Y先生は自転車で来ました。

「今、お宅から出たところで倒れたというじゃありませんか、何を注射したんです？」

と、私の友人は問いただしました。

「それが、モヒを」

「モヒを、モヒをどうしたのです？」

「モヒを、定量以上に射ったのです」

と、Y先生は、汗と涙でくちゃくちゃなお顔でばったりうなだれたそうです。

友人は、言葉烈しく、

「何とかして、助けて下さい、今子供のために大事なところです、頼みます」

と言ったそうです。Y先生は、強心剤を射ってじっと座っていたのだそうです。

私はいつまでも正気づきません。友人は、にらめっこをして、枕元を立ちません。立てば殺されてしまうと考えていたそうです。しばらくして、Y先生は肩を落して立ってゆかれました。友人がこの人を見たのは、これが最後です。一晩たって私は蘇りました。そのいきさつを知る由もなく、ぼんやりとして目をあけたのでした。

二日目、体がもとの力を取り戻し始めた朝、私はY先生の死を聞かされました。私の友人と別れたその夜、自分の家の裏を流れる水道の堰で、左手を桜の木にかけ、メスをもって頸動脈を切り、水に飛び込んで亡くなったのでした。遺書は、私の夜具の下に入っていて、

今日までの不幸に泣くつもりはない

この一年の幸せに命を賭ける

と。それはドイツ語であったためにしばらく判らず、一年位してある外語大の学生さんに読んでいただいて判りました。しかし、その学生さんがまた、ほどなく自動車事故で亡くなってしまいました。

私の償ったもの

思えば、それからがこの話の本筋で、私および関係者一同は、長い苦しい、その憑霊に悩まされることになったのです。それは悲しくも恐しい話です。

その年の十一月末、私の子供は出所してきました。親子は水入らずで、まずは幸せな月日を送る

ことになりました。

「親子水入らずのお正月はどうですか？」

と、テレビ取材に来たりして、

「母に逢えて、無類に幸せです」

と、子供の言うのを聞くのは、私にとっては生まれて初めての喜びでした。

こうして、何事もなく二人の上に新春が来て、七日の日、七草は何草かなどと話をしている日の午後、家の前に車の止まる音がし、しっとりと靴で歩いて来て、玄関の戸をコッコッとノックしました。

「はあい、いま」

と、立って行って戸を開けた子供が、

「あれ、誰もいないよ。車もないよ」

と、びっくりした表情で席に帰って来ました。来たのだ……あの車の音、歩き方、ドアのノックの音、まさしくY先生です。

「二人で、空耳ってことがあるのかなあ」

と、子供は気にもしていない様子で、それから他の話に入りました。七日から後は、たびたび、私の家が静かになり、親子が水入らずで何か話をしていると、必ずといってよく、車が止まり、足音がして、ノックが聞こえ、出てみると誰もいないのです。子供が外出している時など、私はふとエジプト模様のふくろ戸棚の前に、かつていくたびも、私の夢に出て来た姿をして、Oという貯水池から引上げて来たY先生の死体が、横たえてあったことを思い出しました。エジプト模様の戸棚の前の、たびたび夢に見た姿が、あの先生のものであると早く判っていたならば、何等かの方法でこれを避けることが出来たのでしょうか。それとも、千万もそれと判っていても、しょせん、避けることは出来ないのでしょうか。私は、思いに沈むのでした。だからといって、ただひとたびも、私はY先生を誘ったり、女としての情を見せたりしたことが一度でもあったでしょうか。いいえ、そんなことは断じてありません。子供の更生をただひとつの願いとして、わき目もふらなかった私です。罪は、あちらにあるとは決して申しませんけれども、人間として、そこに存在する、存在したということ以外に、私にどんな誤ちがあったでしょう。未開のままで胸に包んだ男性に対する烈火の愛は、包めども外に現われたかもしれません。しかし、それは私が人間であって、女であったという誤ちの他に、どんな責任があるといえるでしょうか。それを、決してY先生に見せたわけでも心が動いたわけでもありません。私に何の執着もないのですから、弁明の余地もありません。

二月は、厳しい寒さで、病後の体を痛めつけました。床から出られない日が多くあったのです。毎日熱がありました。

三月に入ったある日、子供が朝から不機嫌でぶすっとしていました。

「どうしたの？　何か気に入らない？」

「うん、一つ尋ねたいことがあるんだ」

「なあに？」

「ママは、男の人に恨まれてはいない？」

「さあ、むつかしい質問ね」

「はぐらかさないでよ。年齢は四十七、八歳、体のしっかりした肥りじしの男。顔立ちはちっともいい方じゃないけれど、地味な素朴な感じの人さ」

「うん、その人がどうしたの？」

「僕が帰って来てから、三日に一度位は夢の中に出て来る。時には、夢とも本当ともつかないで、枕許に座っているんだよ。一度なんか、泣きながら、僕にキッスをして来てね、『あなたのおかげで、あなたがいたから、あの人は私の心を承知しない』とはっきり言うんだ。泣きながら、涙でべたべた僕の顔を濡らすんだよ。全く恐しかった。あなたがいるからというのは、ママのことでしかない。ねえ、一体どうなの？」

　私は答に窮し、神に賭けて、その人を弄んだのではないこと、どこまでも一方的な恋であったことを、ついに一切を打ち明けざるを得なかったのでした。

　子供は了解したようでしたが、その頃から何か心に重荷のある様子でした。

五月に入って、夏まで休養をしたら、就職するというプランも立ち、女手一つであった家の周りのことを、何かと手伝ってくれていました。ある時、

「僕は、あまり長生き出来ないね」

と、申しました。

「なぜそんなことをいうの？　ママがせっかく、今から後を二人で幸福にゆくつもりでいるのに……」

というと、彼は、ちょっと悲しい顔をして、

「生かしておかないというのだよ。あの人」

「あの人って誰？」

「決っているじゃないか、ママのあの人よ」

「何でY先生が」

「だって、自分の苦しみを味わって貰うまではと言って、毎晩、来るからさ」

ということでした。

私は、この土地の山の方にあるお寺に行き、Y先生のお墓にお参りをして、

「どうか子供を助けて下さい。代りに私を連れて行って下さってよろしいから」

と、願いをかけました。命も要らない、操もいらない、これまで苦労をして、漸くいま陽の目を

見ることになった子供を今とられてはという思いの中で、妻をも、子をも、あんなに愛しておいでの子供をも、捨てて死んでしまわれたことは、辛かったに違いないと、今更に感じたことでした。

また、ひとりぼっち

こうして季節は、夏に入りました。子供は何やら屈託げであり、喉が痛いといっていました。顔色が冴えない日がありました。

六月に入ったある日、その後変わったお医者さまのもとに、私の薬を取りに行って貰うと、わずかの坂道なのに息を切らしています。

心に屈託のあるばかりではない、これは本当に、ひょっとしてとられるかもしれないと、考え始めたのが六月初旬に入ってからでした。

私は、子供をかねての知りあいの東京、T大学出の博士に診察をお願い致しました。その朝、子供は私から二千円を貰い、口笛を吹きながら上京しました。しかし、子供の帰って来ないうちに、東京からは電話が決定的な終末を知らせて来たのでした。

「病気は、舌癌ですよ。もう手術をすることも、どうすることも出来ません。あと半月位ですから近くに入院させて、最後までそばで一緒に名残りを惜んで下さい」

と、かいつまんで言えば、こういう話でした。もっと丁寧でしたが。

死のショックは激しく、電話の前に座って泣き伏していると、誰かそばに来て、私の髪の毛を掻き上げるではありませんか。びっくりして目を開くと、そこに私はまざまざとY先生の姿を見ました。白衣ではなく、普通の洋服を着て、私の脇に座り、私の体に手をかけて、覗き込むように顔を見るのでした。その顔には、笑いと悲しみの混り合った表情があって、少しばかりは、勝ち誇ったところが見えるのでした。私は言葉もなく、立上ってしまいました。Y先生はそのまま立って見えなくなりました。私の全身を、悪寒が走りました。

子供はだめだ、と私は思いました。とうとうY先生にもってゆかれる――あの人が私への愛着に一生を投げうった償いを、この世の私にとってたった一つのもので、そうだ生涯を賭けたものをもってゆかれる。

この勝負、私の負けになりました。何も知らない子供は、元気で帰って来ました。近くの病院に話をしてから、子供を入院させようとするのは、大層な骨折りでした。喉に腫れものがあるので、それを手術する前に、体力を作るのだという理由です。しかし、入院をすると急激に体は衰え、診断の通り重症の様子を呈して来ました。癌とは、恐ろしい病気です。

日々に衰えてゆく子供は、熱にうなされながら、いつも誰かと話をしているようでした。その話を聞いていると、相手はどうもY先生のようです。

「連れて行くって、どんなところへゆくの?」

「僕を連れて行って、ママをどうするの。ママが好きなんでしょう？　ママが欲しいんでしょう。ならば、ママを連れてゆきなさいよ」

などと、楽しそうに話をしているのです。私の心持を、お察し下さい。私に一体、何が出来たでしょう。泣くより他に。

その当時、私は腎臓の具合いが悪く、一日に八十回近くも小水が出る上に、熱と血尿に悩まされて苦しい最中でした。子供の病室に入る時には、心臓の注射をして貰うようでしたが、最後まで望みを捨てまいと思って頑張っていたのです。しかし、ついに七月七日、子供は息を引きとってしまいました。終わりの時には私の手をとって、

「ママ、ことづけはないの！　Y先生によく謝っておいて上げるね」

というのでした。そして、にっこりと笑って息を引きとってゆきました。

世にひとりぽっちとなった私は、慰めの言葉もないという友人達の中で、再び老年に向かっての人生を歩みはじめたのです。五十六歳になっていました。

子供をもってゆかれたY先生は、それから一年ほど静かでしたが、二年目に入ると再び玄関の戸を叩かれるようになりました。最早私のまわりには、持ってゆかれるべき、何物もなかったのでしたが、姿を現されることは少しも止みません。お勝手をして貰う人を頼んでも、夜になると枕元に座って、夜具をまくってみて、

「ちがう！」

などといわれるので、十日と辛棒する人はありません。それなら、男の人ならば、恐しがらないですむかもしれないからと、ある時お弟子さんの二十六歳になる人をおきました。彼は、チャキチャキの唯物論者で、幽霊なんていうものは薬にしたくも見たことはない。出たら捕まえて見世物にしようという若者でした。とても元気な若者でした。

ところがある時、ひと眠りしてふと人の気配で目を醒ましますと、年齢四十五、六歳やや肥りじしで、髪の濡れた紳士が、部屋の戸を開けて入って来て、すーっとわきを通って行くとみるや、私の寝ている部屋へすーっと入ったそうです。間もなく私のひどくうなされる声を聞き、びっくりして跳ね起きると、私の部屋から、またその人が出て、すべるように部屋を過ぎて行くのを今度は起きていて見送ったものです。次の日、彼は唯物論を引っこめて、早々に田舎へ帰ってしまい、私はまたひとりぽっちになりました。

Y先生は、その後いろいろの人の前に姿を見せ、十年位戸を叩き続けられたのですが、漸くその力も終って、静かになりました。長い、苦しいつきあいが、やっと終わったと考えると、誠に感無量です。

恋愛に対する人の愛着が、かくも激しく、かくも強く、かくも長い年月にわたることを、この時ほど思い知らされたことはありません。

いつの日にか、私もこの世を終わって、何の言葉をもって彼に対しましょう。子供をとられたことは、あいこかもしれません。しかし、男がかほど女に執着する恋愛というものは、この時点でまだ私に十分にのみこめていなかったのです。

ワン・ツー・スリー

六つになる女の子が死んだ。その死に際の言葉が何とも気になってどうしても平静になれない。どういう意味か判ったら教えて頂きたいと、ある日、二人の夫妻が来られました。その女の子が、どんな言葉を言いながら死んだのかという私の質問に対して、母親の方は目をうるませながら、

「ワン・ツー・スリー、もうだめだ！」

と、繰り返し言うのだと話すのです。

「熱の高い時も、肉体の弱った時も繰り返してこのことより言わないのです。私どもには、何の意味だか少しもわかりません。これは一体、何でしょうか」

尋ねられているうちに、私の目に浮かんできたのは、白亜の大きな病院、町の様子は横浜と考えられます。その産婦人科の病棟で、ベットに横たわっている二十代の女ひとり。いま妊娠中絶手術の始まるところで、女の頭のところに立つ麻酔係の医師が、ワン、ツー、スリーと言って数を数えさせていました。女は、ワン、ツー、スリーと言って、数えると眠りに入ってゆきました。

「これは御主人の因縁です。小柄の丸顔の女の人と、御付き合いがありましたね。中絶をなさいましたでしょう。横浜の病院ですね」

主人は深々と頭を下げました。

「ワン、ツー、スリーは、外人の多い地区の病院だからです。そしてもうだめだというのは、その時死が訪れたからです」

二人は顔を見合わせていましたが、やがて深々と礼をして帰ってゆきました。かつて、男の手前勝手が、今更にいとしい子供の上に現われて、哀れを込めて詠みゆく、麻酔の時の声を二人は二年の間（六歳の子供の病んでいる間）聞いて過ごしたことを、どんなに後悔してもし足りない心持ちで思い知ったことでしょう。しかし、これも一つの哀れでなくして何でありましょう。

水子の復讐

中絶は、戦後の日本で自由になり、むしろ今まで抑えられていたことの反動的面白ごとのようにどこの家庭でも二人や三人いたしました。何か、今までの敵討ちのように、大抵の家で行なってきました。

昔の法律は中絶を罪として、あの有名な、かなりいいルックスを持っていたという女優さんなどは情人との間の子供を中絶して、入牢をしたばかりではなく芸の世界からも葬られてしまいました。時代による法律の違いの不可思議さは、今は極めて日常茶飯事のこととそうでない場合があります。この罪と当り前の出来事との間が全く変わりなきように見えていて、大いに違うことが一つありました。それは、中絶が二十年経った今になって、人々の間に持って来ている大きな罪と罰とであります。

極めて当り前の行為として開放されて、むしろ小気味よいほどに行なわれた中絶は、今になって多くの不幸を人々の上にはっきりとさせました。今になってです。つまり、中絶の期間に、同時期に生まれた子供たちがその仇討ちをされているからです。

彼ら、三か月、または四か月の水子はどんな仇討ちを始めたのでしょう。

つまり、不品行、男性との遊び、全くの不道徳、飲酒、性の乱行、夜の行動、手に余って私に相談に見える母親達は「中絶、何人でしょう」と私に聞かれてギョッとして色を失います。そして、ぼそぼそと

「生きている兄弟姉妹が羨ましいのですよ。必ず結婚の邪魔をしますし、必ず乱行にはみな中絶がついてまわります。現に私のところで供養をして、みんな回復して真面目な男子または女子になってゆきます」

たとえ、昨日に代わる今日の自由がどんなに面白くても、ひとたび法律で罪と決めた程のことはその約束が取り払われたとしても、その罪まで消えたものではありません。社会が自由になったか

ら若者が急に不品行になった、叱られないから、罪にならないから、万人が許すからといってそんなに不品行で良い訳はありません。現《うつつ》のように男から男へ、女から女へと移りゆく若者の背には、必ず赤子がとりついています。母達が中年のしわを刻んで、愕然と自らの中絶の日を思わねばならないのは、人間の道徳心、女性の恥ずかしさをすら忘れさせるために仇討ちの刃物をもって、受胎三か月が立っているからです。落ちろ、堕落しろとその出来かけの小さい手を上げて、女性や男性の貞節の在り方を、地下に向けて指しているからです。自ら命を絶たれて、あんなに暗く、あんなに冷たく埋められたことを、はっきりと根に持っているからです。

この仕事を始めてから、中絶の恐ろしさを知った私は、命の限界で子供を産んだ自分の生涯を、どんなに安心をもって見つめたことでしょう。

色情禍

三十代の情念をまとめるつもりが、妊娠中絶のことになって大分足踏みをしてしまいました。ある自動車業者のMさんが、三十代の立派な身体を丸めるようにして相談に来られました。

毎晩おかしな夢を見て安眠が出来ない。仕事が忙しいのでよく休めるはずなのにどうしても安眠出来ないというのです。夜中に鳥の羽ばたく音がする。風というか、がさがさと木の葉のすれるような音がして、そして、自分は殺される。どうしても殺されると思うというのです。Mさんの逞しい体と向かい合っていると、突然に、いく分小柄の、丸顔、媚るような笑顔の、そのくせ貧しい身なりの二十九位の女が、Mさんの方を向いて立つのでした。

「失礼な申し分ですけれど、その時女の体臭がしませんか？」

「ええ、しますよ。うちの母ちゃんと全く違う女なので、おかしな具合で話せなかったのですけれど、どうして判ります？」

「それは判ります。それは、こういう訳なのです。昔、天保年間、多分天保二年位でしょう。この年代は不作の年であって、農村は大変困っていました。あなたの家は、今実家が残っている田舎にあって、あまり豊かでないお百姓でしたが、その当主（三十一歳）の家内があなたの感じる女ですよ。妙に色情的な女で、こういう天性を持った女が時折いるものです。ある時、結城の方面から伊勢崎に出る農民の一人が、四十代の男でちょうどあなたのような体格で、小金を持って旅をしていました。一夜、お宅に宿を借りたとお思いなさい。家内に手を出そうとしたのを怒ったお宅の当主が色情の恨みと慾とふた道かけて、深夜、旅人を殺そうとしたわけです」

「え？　家の先祖がですか」

「まあ聞きにくい話でしょうが、我慢して聞いて下さい。旅人は深夜、家の主の気配で起き出し、身の危険を感じて逃げ出したのですが、その台所の戸口で、バッサリ一刀を浴びています。凶器は草刈り鎌ですが、肩先から肺にかけて浴びたからたまりません。よろけて逃げ出して土手まで行き、その青桐の木の下に倒れている時、ああ、自分もこれでだめだ、つまらない一生であったと感じたのでしょう。木の根に倒れている人の気配で、青桐の上にいたふくろうが、ばさばさと身動きをしたのがあなたに聞こえる。夢の中の音です。今度、田舎へ行ったら、この川岸の土手へ行ってみてごらんなさい。青桐はその時の木ではありません。主木は枯れて若木が出ています。けれども旅人を殺して埋めた土手の土はいくら土が動いても、そこだけ、窪みになっている筈です。行ってお線香をあげて来ますか」

Mさんは、本当に困っていましたが、それから半月ほどして、少し元気な様子で尋ねて来ました。そして申しました。

「行ってきましたよ、先生。仰る通りの状態でした。青桐の木はありましたし、土手の窪みも仰る通りでした。そこにお線香を立てて、謝っていると、男のくせに涙が出ましてね、何だか人生の無情をひどく感じました。けれども、お陰さまでばったり夢を見なくなりました。ありがとうございます」

というこことでした。

消えゆくもの、人と人との情念、その誤ち、その罪科、同じく消えざるもの、また人の情念、その罪科か。私は何ともいえない戦慄を全身に感じるのでした。

孫を狂わせた祖母の男狂い

Mさんの件は殺人ですが、Rさんの件は、殺人ではありません。Rさんは五十歳を過ぎた公務員で、実直そのもの、中背で体付きのしっかりした紳士です。

予約R氏、と私宅のカレンダーに記入されている朝、せまい玄関口で、

「さあ、靴を脱ぎなさい。そうそう、そういうように。え？　トイレへゆきたい。じゃ、上って拝借しよう」

という声。え？　子供連れかなと考えているうちに、どたどたと上って来たのが、Rさんと二十代半ばと思える男子、ちゃんとした男前、きちんとカーデガンを着て。

「よしよし、ここへ来て坐りなさい」

と、机の前に坐らせたけれども、きょろきょろして、すぐ立って行ってしまう。

「御覧のような訳でして、強度のノイローゼ、気が向かなければ一日寝ころんでいて、物も言いません。食べ物といえば、はたんきょうを一升も食べてしまうし、お鍋に一杯のおみおつけをみんな飲んでしまうし」

全く正気のところのないこの二十五歳は、じっと私の顔を見ていて、

「可愛いいい小母さんだなあ。僕のお嫁さんに来る？」

と言う始末。私は笑いながら

「ええ、お嫁さんになりますから、じっとこっちを見てごらんなさい」

正面から眺めて心を統一すると、見えてきました。田舎の貧しい旅籠屋、雑居に近い、その薄暗い部屋に、病んで寝ている三十歳位のなかなか二枚目の男。

「伺いますけれど、役者さんと駈落ちした女の方、三十五歳位、大丸髷の奥様風、細面ですが、目に張りのある女、子供を二人位置いて家出をしていますが、御心当たりはありませんか」

はっとして、その紳士は坐り直し
「お恥かしいことですが、それは私の母です。母は、士族に生まれて商家へ来たことをひどく不満に思っていたのですが、ある年、田舎廻りの芝居の二枚目に入れ揚げて、兄と私を捨てて駈落ちをしました。父は大変腹を立てたようでしたが、温和な人で、そのまま後添えも貰わず私達を育てました。その母の因縁ですか？」

「それが違うのです。お母さんは間もなく、諸国を歩いているうちに、その男を静岡の町の興行で捨ててしまい、お金持の興業師と世帯を持ってしまいました。一座は解散し、相手の役者は結核で町外れの宿でろくな手当も受けずに亡くなりました。その男の存念が残っていて、息子さんのノイローゼの原因になっています。供養をして、万に一つ正気に返ったら、喜んで貰えますか」

と私が申しました。

「これがこうなって十年、妻は、ありとあらゆる医師、みてくれる人、宗教といろんなところを歩きました。そして、無縁仏がついているとは皆さんの仰ることなのですが、誰がどうして、ということは今日の今日まで判りません。もしですよ、万に一つでも、この子供が正気に返りましたら」ハラハラと男涙。さすがの私も、共に貰い泣きして、行いの悪かったこの人の祖母と、その駈落ちの相手方の芝居役者、三十代の愛慾の凄まじさを貰って、幼児のようにキョロキョロしているこの二十五歳の男性を見つめていました。お茶うけのお菓子をこぼして食べながら、庭の木に止まっている雀を見ている成育した男性の姿と、涙にくれて因縁の恐ろしさを知る父。定めし身を屈めてあちらこちらを歩き廻ったであろうこの子の母のことを考えると、さながら人の世の空っ風、木枯しの音を聞くような、身近な身震いが私を痛めるのでした。三十代にまかせ、ひとりの愛慾に溺れてしまって、他人を顧みる「時」の持てなかったこの子の祖母が、自らはどのような身の上を生きたにせよ、今この時になって、三つか四つの幼児のように、キョロキョロ無心に手を打ち、よだれを拭いて貰う二十五歳の哀れさを見るとは、当人ですら考えてもみなかったでしょう。木賃宿で、血を喀いて死んだ人は、人の世の栄華をとり損った人にしもあれ、同じ年代で、この息子がこうして生きるとは誰がいつ思い描けたでしょう。思えば、因縁の深さ恐ろしさを、生涯、文筆で生きる理念はあったにしても、私にしてからが、こんな俗な、こんなありふれた筆致をもって、因縁の理を説こうとは夢にも思わなかったのです。二人が帰ってゆき、小さい家に黄昏が来ます。微熱で軽い頭痛をこらえながら私もまた、ぼんやりとお茶を飲みこぼしたのでした。その日から二十一日、

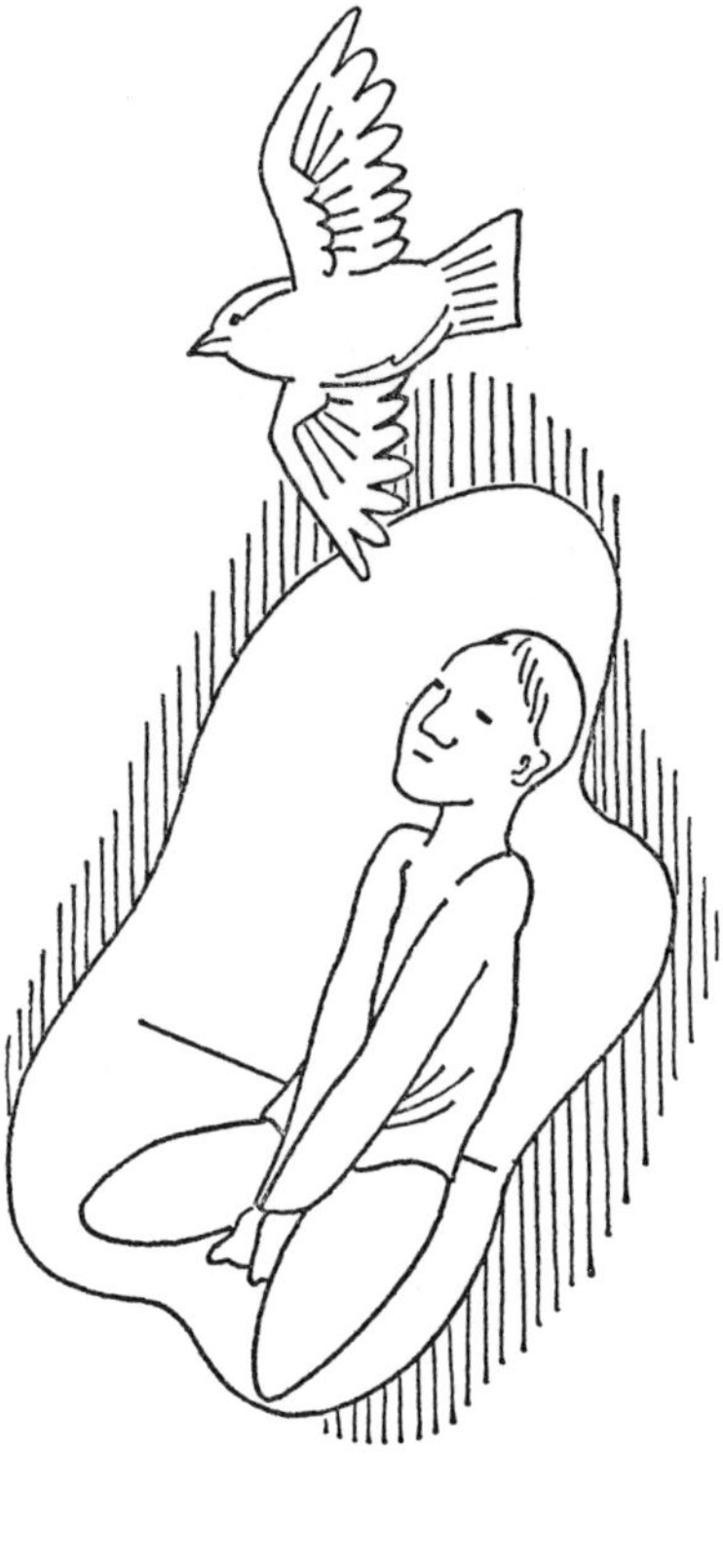

まず役者さんの供養に入って三月、その息子さんは次第に正気づいて、今改めて大学入試の勉強を始めておられます。貧しい一人の老女にすぎない私の手をとってお泣きになったのは、十五歳発病の日から今日まで巡礼のように、こうした因縁を視る人を捜して歩き、ここで漸く回復に向かうことの出来た、小柄な、おとなしいその奥さん、つまりその息子さんのお母様でした。おめでとう存じます。お母さま、あなたの誠意が届いたのですよ、と私は申しました。心を込めて、そして心からでした。

人生で愛慾の一番深いと言われる三十代の女、四十代の男のことは、いろいろの家庭に残っていて、ある時は子孫の癌となり、またある時はノイローゼとなって障っています。金銭上の破産、品行上の誤ち、社会的地位のことなど沢山あって採取出来ないのですが、私に二つ信念があります。

一つは三島由起夫氏における渡辺華山の憑霊であり、芸術、生涯、その死、この人と華山の関連にははっきりと自信を持ちます。そしてもう一つは川端康成先生への憑霊は岡本かの子女史と信じます。先生がその没後、お気の毒にも少女のことなどでごたごたなさいましたのは、故かの子女史の存念、いまだ解消に到っていないものと察しられます。心から文筆にしたがうものの貧者一燈をもちまして、謹んでここに御冥福をいのり奉るものです。

第六章　兵　士

落城の様子を語る美青年

大月市から中央線は、岩殿山を通って東へ向かって出てゆきます。

三年前のある日、道路公団の知人が尋ねて来られて、半年前からの岩殿山トンネルの土砂崩れに悩まされて工事が一向にはかどらない。何か障りがあるかとのお話でした。科学畑の人の多いこうした仕事面から、私に声の掛るのは珍しいことでしたが、整地の図面と向かい合っている間に、ここは小山田備中守の落城の跡と思われる場所がありました。小山田備中守は武田家に反逆したと言われていますが、実はそれは違います。二十九歳、背の高い、なかなかの偉丈夫が現われ、私は、落城の最後を取り仕切った小姓頭でございます。主人備中は、すこぶる寝起の悪い性格で、理由なく午前中は腹を立てるのです。ちょうど、武田家とのいきさつのごたごたのさ中、会議とその返答が午前中にかかったため、大きな声で怒鳴ってしまいました。それが向こうの気に触った上に、小山田軍は、主の午前中の態度に恐れをなしていて、行動を起こさないため、諸事手違いとなったのでございます。つまり午前中の不機嫌に崇られたというのです。低血圧の症状です。笑うに笑えない状態で、落城することになったというその明快な説明を聞いていて、小姓頭の頭の良さにびっくりしました。小姓頭は名を名乗ったのですが忘れてしまいました。彼の申すには、攻撃を受けて、いよいよ最後の籠城もこれで終わりという朝、男性軍は全部出払って留守、女性軍も働ける限りの人は皆出陣していて、残るは子供達ばかり。落城の上は敵兵の手にかかるも哀れに付き、暁と共に子供達を集め、これから笛や太鼓の鳴っている楽しいところに連れて行く、みんな、私の周りに集まれと言って寄せ集め、小さい子供は、裏の崖から下に投げ落とし（後で聞いたのですが、ここを稚児落しと言うそうですが、私は他国から来た者で知りませんでした）少し大きい子供は、刃を当てて殺して、城に火をかけ、自分達残る者七名は割腹して終わったのである由申されました。

「自分達は、七四の蛇となってこの山にいるが、この度何の挨拶もなしに、土足にかけられ無念のところ、お呼び出し下さっての懇《ねんごろ》なお尋ねと御供養、今更に愚かしき主君をかれこれいたしても仕方なし、あとあとよろしくお願い申す」

ということでした。

その謂書《いわれがき》を公団に届けますと、あちらで調べのついている落城の歴史書と私に物語られたものがぴったりと一致するので間もなく皆が供養をしました。土砂崩れは中一日置いて止まり、工事は順調に進められました。長く私の目に、その偉丈夫の面影は残っていて、はて、俳優で言えば誰それに衣裳を着けさせたよう？　などとお弟子さん達の話題を賑せたものです。

古来、戦の悲しみは、すべての人間の上になかなか深く、戦いの精神あってこそ男は強く発展的であり、守りの精神あってこそ女はどこまでも確かで深くはあるのですが、戦に死なない男はなく、その悲しみに泣かない女はありますまい。

大阪落城のみぎり、外堀に出陣の木村長門守の陣中発病の症状に長く悩まされた子孫もある位で長い年月の戦いの間に、死にかつ生き残った人々の悲しみにはなかなかに深いものがあります。

関ヶ原合戦の、児島小弥太の子孫はやはり、小弥田に似た運命の辿り方を致しますし、由井正雪の仲間、金井半兵衛の子孫は、どこまでも、金井半兵衛に似た運命を持ちます。その生き方のたやすくないことは、私の言い分をお聞き下さるまでもありません。

戦死した者達の怒り

第二次世界大戦は、沢山の男達を死なせました。お国のためとは一体何を報いとして立てた旗印でありましたか。

二十歳、二十二歳、二十三歳と尊い青春を蕾のままに散華した人々の霊魂は、長くこの世に残って、ある時は暴走族となり、ある時には連合赤軍となって暴れて止まないものがあります。凄まじい唸りを上げて、命を的に走り行く彼らの背後にはしばしば、私は飛行服の泣いて泣き切れない若者の姿の立つのを見ます、ぶつけて砕けるやり場なさのあの凄じさの中に、どんなに色濃く悲しみが、青春の玉さりが立ち迷って見えることでしょう。私は走り去る彼らの後に、哀れな飛行服の立姿を見、連合赤軍のあのきりりとした顔立ちの男達を見るたびに、空港を血に染めて駄々をこねているハイジャックの若者を見るたびに、大人がした、大人がしたではないかの声なき叫びを聞くのです。よしんばその行動がどうであれ、ことの善悪はさて置いて、その命を的の怒り方を見る時、これはただ事ではない、多くのお国のための名において、死んだ若者の憤怒に違いないと思うことがあります。それをなだめ得るものは決して法律ではなく、人間の愛情でなくてはならないと思う時があります。

ある時一人の老人が私の前に立ち、怒ったような声で申しました。

「何が判るって？　因縁が判るって？　それなら私の弟を判ってみて下さい。ほんとに私の弟だと承知出来たらお目にかかりたいもんだ。いい加減なことを言って！」

というわけです。私は申しました。

「判るといっているのではありません。感じると言っているのです。愛すると言っているのですよ。あなたの弟さんは、しちょうゆそつという兵隊さんでしょう。年齢は二十七歳、しちょうゆそつが兵隊ならば、蝶やとんぼも鳥のうちというのを知っていますか」

　とからかうと、老人は苦い顔をしました。

「この兵隊さんは、今中支の大きい河を渡るところです。この兵隊の持っている道具の中に、普通のテーブル位の鉄板があります。鉄板には一尺位の鎖が付いていて、鎖で何十枚も鉄板をつないでいます。先端を向う側に固定して、その板を伸ばして河の上に渡すと一つの橋になります。兵隊達は馬に荷物を積んで、手綱を肩からはすに掛けています。弟さんは、いく分楕円形の顔立ちで、目の周りの肉が落ちて、頬骨が出ています。あ、鼻の左側にほくろがありますね。あったでしょう、一寸大きいほくろ」

　と言うと相手は嫌な顔をして頷きました。少し凹んだような表情です。

「弟さんも皆と一緒に鉄板の上を渡って行きます。先に行く馬の蹄が鉄板にカッカッと当たると、パッと火が出ます。後の馬はそれを恐れびっくりして棒立ちになるため、馬を引いている兵隊は、その時手綱が外れて河に落ちることがあります。弟さんも河に落ち、あいにく手綱が切れました。あなた、肩から背中にかけて痛くはありませんか。弟さんの手綱の当たっていたところです」

　と言うと、相手はなお嫌な顔をしました。

「弟さんは馬と一緒に河に落ちて、馬の方は皆が引き上げましたが、弟さんは手綱が切れたので流れて行きました。河の曲り角で、死体は米兵によって手鉤で引っかけて引き上げられました。そこは日本兵の死体が三百体位も穴を掘って放り込んであって、弟さんもその中に投げ込まれて、石油をかけて焼かれたのです。待って下さいよ。弟さんが何か仰っています。甲府で、学校に行っていた頃は楽しかった。学校から帰ると、台所の煤けた戸棚に丸い、片隅が切れたざるにお母さんが大豆を煎っておいてくれる。その大豆をさんざん食べて、喉が渇くから、家の裏の方へぴょんぴょんと飛んで行くと裏が竹藪になっていて、上の方の崖から清水が湧いて落ちている。清水の下に石が二、三個置いてあって、その石に頬っぺたをつけて仰向くと、清水が口の中にちょろちょろと入ってくる。その清水の、また何とおいしかったこと。泥水の河を流れて行きながら、ああ、あの清水が飲みたいとしみじみ思ったと言っておられます」

と私が言葉を切ると、その人は

「ああ、あの清水。大豆の煎ったのと、清水のことは私と弟より他に誰も知りません。申しわけない威張り方をして、誠にすまないことをしました。これほどに弟のことがお判りになるとも知らず、威張ったことを言ってすみません。帰って早速に清水を捜してみて、もしまだ出ているようでしたら、たとえ茶瓶一杯でも、弟に供えて飲ましましょう。すまないことをいたしました」

とあとは涙混りで、心から満足して立たれた時、私の鼻には、強い河の匂いがして、遠く馬の蹄の音がしました。ああ、そも幾千万人をこのように死に到らしめた戦争とは一体何であろうか。私は、疲れて庭に立ちました。強い、くちなしの花の香りがしていました。

戦争犠牲者達の存念

南方の戦線はなお悲惨で、幾多の兵隊さんたちへの思いのため、なお大勢のその家族が、病気をしたり、事故死をしたりしています。みんな思いが残って働いているのです。

二十三歳、強度のノイローゼで、人の顔さえ見ると逃げ隠れをして仕方のない、かつて秀才と言われた若者がありました。お母さんが診て貰いに来ました。私はその若者の背後に、広漠たる原野と、粗末な建物と、大ぜいの満州人の捕虜の姿を見ました。

「御主人、戦争に行かれましたね。何人位捕虜を殺されたでしょう？」

「え？　それがお判りなのですか？」

お母さんは、先ずびっくりして、

「三十人は殺したと言っていました」

「そうですか。今息子さんのやっている姿は、逃げても隠れても引っ張り出されて殺されてゆく捕虜の姿です。いつも生命の危険を感じて、ああして、逃げているのですよ」

「ああ、それで判ります。車に乗るのが極度に恐しくて、走っている車から飛び降りて逃げるのですよ。どこかへ連れて行かれて殺されたのでしょうね」

「そうです。絶えず脅されているのですからね」

端正な顔立ちの、その魂の抜殻のような若者は、供養のお陰で回復、ぼつぼつ家事の手伝いが出

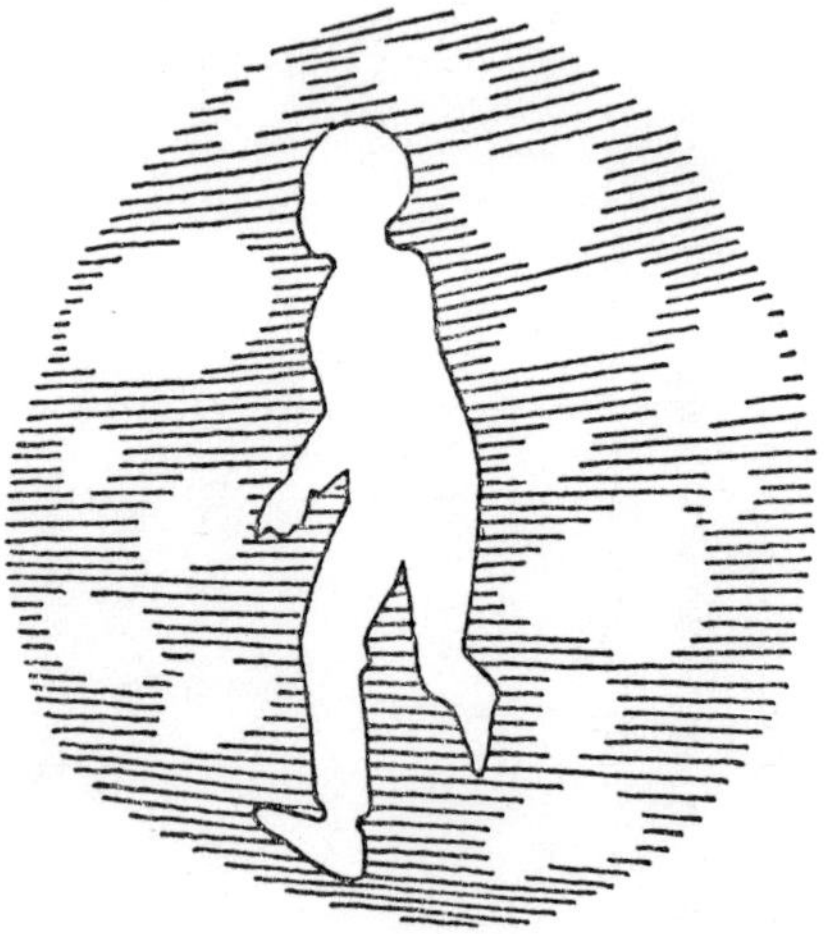

来るようになってきました。恐ろしい戦争の傷跡です。

Hさんは、中年の紳士で、茶色の背広をきちんと着ていました。膠原病にかかってこれから入院というところです。

あっと言って私は声を上げました。

Hさんにあるものは、大変なものであったからです。この話を書くのは必死です。

「お兄さんですね。南方の戦場で亡くなっています。すべての雑草を食べ尽して、舐たようになっている石ころのデルタ地帯に、お兄さんと今一人の兵隊さんがいます」

とここまで言うと、私の耳に、はっきりと二人の話し声が入ってきました。横たわっている方はやや年かさで、枯木のように痩せ細っています――現のように地の底から聞えてくる声が――俺のここ、ここに少し残っている。強く焼けば臭いが無いという。な、君にやる。君に……と言っているのです。片方の年少の兵隊は、相手の胸に顔をつけて、声を忍んで泣いているのです。その瞬間に、何を言っているのかと判った時、私の全身の血はさっと引いたようで、見る間に視界がキャラメル色になってきました。もういけないと思ったのです。私はしばらく気が付きませんでした。注射が入ってきて、私は、はっとして気が付きました。お医者さまが来ておられました。

「人間として、申し上げる訳にはゆきません。ここまでは、申し上げられません」

私は声をしのんで泣きました。皆になだめられながらいつまでも泣いていました。嗚咽《おえつ》が止まらないのです。

「もう止める！　こんな仕事は止める！　ここまで話さなければならないのならば止めます」

と私は夢中で叫んでいたそうで、Hさんは大層謝って帰ってゆかれた由。それから一か月、心を鬼にして、この二人の兵隊さんの供養をしました。これこそはこの仕事をするものの全き責任であるからと、心を決めたからです。そして、幸せにもHさんは膠原病が全快して、現在は会社に勤めておいでになります。誰にも秘密だった私の仕事の一つでした。

沈みゆく輸送船の甲板の上で、一同を指揮している吉川少佐は、凜々《りり》しいその面立ちに必死の色を浮べて、一人でも部下を助けようとしておられます。そして、戦死されたその一族は、家内になる人がしっかりしていて、子供さん達も皆立派に一家を成して、言うところはないのですが、喘息が少しさわるのは、水死霊としてでしょうか。

戦争の悲しみとその無惨は、私がここで言うまでもありません。鉄の扉のしっかりと締まった中で立ちながら、骸骨となった沢山の兵隊さんが、さながら魂の助けを乞わるるが如く両手を合わせて立つ姿を、私はしばしば山野に、海底に見るのです。白昼の銀座通り、我こそ美女よ、美男よと得意にかっ歩する現代人も、その行くところ同じく死あるのみと感じきたれば、お国のための赤紙は、彼らのティシュペーパーと変わりなかりしか。私はただ、うなだれて涙するばかりです。

第七章　雑　霊

木に宿る霊魂

日本くらい、神さまの多い国はありますまい。そしてまた、滅茶苦茶に拝んでいる国も少ないと思うのです。到るところに神社があって、そしてそれらが皆盛んにやってゆくのですから不思議なくらいです。

人々と霊魂のことをやっていまして、人間の上にさわりとなっているものの中に、人と神との間のものが沢山にあることを感じます。つまり、蛇であるとか、狐であるとか、荒神さまとか、地蔵さまとか、鬼とか、河童とか、竜とかその他のものです。これら物語りの中のもので、柳の精や、美しく哀れな雪女は、その在り方にも一応納得がゆくのですが、全く納得がゆかないもので、現在形としてあり、人間にさわってくる雑多な形の、私が手懸けたものを拾い出してみます。これらは理屈がつかないので困っているのですが、しかし手懸けた以上、無いと決める訳にもゆかず、有るといういには余り漠然としていて、裏付けがありません。私がやりかけでこの仕事を終わった時、いつか、誰かがこの非科学的な、そして全く動きより他に判明しなかったものを判らして下さる時が後日あるのでしょうか。

今の住居の奥に、七保町というところがあります。Iさんはその町から来ました。

奥さんが急に腰が立たなくなったのです。向かい合うと、強く切ったばかりの木の香がして、幻のように若い前髪立ちの青年が立ち、紫の袴に白い肩衣をつけています。私は慌てて申しました。

「あなた、古い木を切りませんでしたか？」

「え？　どうして判りました。切りました。学校の庭の古い銀杏の木です」

「その木はずっと昔、このあたりに、逃げて来られたお公家さんの一族があり、十九歳の若主人が手づから植えた木なのです。若主人は妻も持たず、間もなく胸の病で亡くなり、今わのきわにこの自分の植えた木を見に行きたいと思ったのですが、行けなかったのです。その時の状態が今の奥さんの姿ですから、いま私の目に見える青年の供養をして、そして代わりに木を一本植えて下さい。小さいのでよろしいから、銀杏の木をですよ」

と申しました。

Iさんは帰ってすぐ、銀杏の木を見繕って植え、奥さんは立てるようになりました。この町に、葛木姓ともう一軒、同じ姓が沢山あって、逃げてきた公家の一族の後裔であることを今も言い伝えています。

古い木にその木魂のあるというのは、木を植えた人の意志であるようで、先日来られた一人のお爺さんも切ってしまった大きい欅《けやき》の木のことを私に言われて、

「その木を切って以来、家が傾いてしまいました。仰る通りの形の木でした」

とびっくりしておりました。樹齢三百年とあらば果たして、昔の人の言い伝える木魂というものはあるのでしょうか。私にはあるように思われます。

蛇、鬼、狐

哀れを止どめたのは、猪苗代湖のピンク色の蛇です。これは、湖畔の弁財天の社を、村人が無下に取り壊した時、そのお使として在社していた小蛇が、流れを伝って竹生島までかえる筈なのが帰り損《そこな》って猪苗代湖に入ってしまい、出るに出られなくなって死んだ、哀れなお話でした。猪苗代湖のほとりの村、深川といったところに、古くからあった庄屋の娘に取り付いていました。癌となって命を終わるまでその女の人は生涯、その小蛇の思いを貫って、することなすこと、何事も思い通りにならず、苦労に苦労を重ねて逝った人で、哀れな一生の因縁でした。

脳腫瘍の鬼のさわりなどは、果たして鬼というものは存在するのであるかと尋ねられて、確かな

答えは出せません。ただ、私の貧しい推理に依りますと、鬼は恐らく人喰い人種というものが、昔南方に存在した頃のものではないかと思うのです。

脳腫瘍が、鬼のさわりと言ったのは、私が最初ですが、聞くところによりますと、熱の高い時には決まって、鬼が来たといいます。脳を割って、その脳味噌を賞味したという言い伝えは、果たしてこんないわれによったものでしょうか。

狐については、三百例以上の回復の実例を持っています。狐が人間に関るなどとは、昔の話とばかり考えて、人間万物霊長説に確かに立脚して動かないと思っていた私が、詩を書いていた年月の自信を覆して、全ての人間が、動物の霊魂に負けることがあるなどと考えるとは夢にも思わない事実でした。これは全く私にとって、一つの重大なエポックであったのです。

煎じ詰めて行って出した結論が「狐つき」であった時の私の驚きをお察し下さい。幾夜も私は眠らずに考え、また繰り返してそのことを検討した挙句に、やはり動物霊ということに決定するまで私の中でどんなに苦しんだことでしょう。

動物に負けて、人智を失なうなどということは、思っても誇りに関することでした。しかし、この特徴はある種の信仰による自己暗示であり、自己への過信であることに変わりはありません。

まずこの種の性格変化は第一に、金銭への異常な慾望、お金が欲しくて、お金が必要で、そのくせ全くまとまった使い方をしません。無駄使いがとても多いのですが、しかしその慾望たるもの、母親を打擲《ちょうちゃく》しても目的を通すところがあります。この種の性格の不思議さで、特に動物的と何故言うかと申しますと、異常に女親に執着をもつこと、これが私には動物的と考えられます。

動物は、女親と女との区別がありません。この欠点を明らかにするからであります。異常なまでに母親を愛するか、愛するが故に憎むものであります。

第二に、色情強くなります。男扱いも上手と言われ、俗に化けるといいます。狐が、わら一本あればきれいな女に化けるという、その変化をやります。第三に、異常に偉ぶって威張ります。これが始まると動物霊と思われます。第四に、食物に汚く欲張ります。多く食べ、特に油性のものを好みます。ドレスのきれいな流行歌手で、この種のノイローゼになりまして、パーティーの席で、手摑みでつまみ食いをしました。他の人の赤面するような、平気な無作法もします。狐に作法は無いからです。全く幼長の礼が無くなって、親を親とも思わなくなって来ます。この特長を持って来ると私の方で狐を打ち払いします。そして治って人格の達成が出来てゆく時、嫁の場合は姑に、姑の場合は嫁にと、その性格の改良を喜ばれる時、私は改めて首をかしげるのです。

狐を打ち払うことによって回復するのは、やはり狐に災いされるということであるか、狐と申しなされる一つの性格破綻であり、異常性格の精神病の一種であるのか？　古来狐つきと言い慣らされたるもの、この魔訶不思議なるものに私も考え込んでしまうのです。

そして結論はまだ出ないまま、実際には三百人から三百五十人を治しています。

日本海の奇異

奇異の世界に触れて来ましたので、ついでに扱ったものの中から、奇異なるものを三つあげてみましょう。

一つは、日本海方面の不思議議です。こんな漠然としたことを言いますと、お叱りを受けるかもしれないのですが、日本にはまだまだ地下資源がたくさん眠っています。近しい資源開発会社の方が、では、地図と写真を持って来ましょうかと仰ると、私は全く自信を無くして、お金が懸《かか》ることですからと、すぐ尻込みをしてしまいます。自分のお小遣で足りることならば、いくらでも言うのですが、それがよそのお金となるととても恐ろしくて意見も出ません。

しかし、日本海は不思議なところです。

現在、掘り起こしている新潟油田は、大きくて深いニュージーランド油田の飛び地でありましてそれも一番の末端です。もっと大きい飛び地が、日本海底にまだ二か所あって、その一つがかなり深く、しかも濃度の強いものがあります。そんなことを言いますと全く夢のようになるのですが、これは本当です。私は、これを黙って抱いて終わるつもりです。誰も本当にしないでしょうから。日本海の不思議議を一番強く知ったのは、川崎市から人が来た時でした。仮にNさんとしておきましょう。

祖父母の代から金沢に住んでいるのですが、その先祖が、ずっと海辺寄りの寂しい村で漁師でした。夫妻不仲のことで来られた奥さんと向かい合っておりますと、不思議に私の視界には、海底のかなり深いところが見えて来て、そこにおよそ三十四ばかりの海蛇がいます。海蛇は、首脳部が会議中で、彼らの主張するところは、海蛇は、長い下積みの生活（？）の時を過ごして、これから人間を制する時代に入る。そのためには、人間の中に子供を産ませなければならない。誰かこの中から陸に上って、人間の女に子供を産ませろと言っているのです。私は目を見張ってそのNさんを見ました。何も言い出せないのです。

Nさんが、身を縮めて話し出しました。

「漁師ではあったのですが平和に暮していました。すると曽祖父の代に変なことがあったのです」

「そうですね、文久三年の春のことですね」

「そうです。よく御存じですね。曽祖父の妻つまり曽祖母がある夜、急に家から走り出して、いなくなって、いくら捜しても見つからなかったのです。三日位して、ぼんやり帰って来ました。昔の人はこういう行動を、神隠しと言ったものです。曽祖母は、それから女の子を産みました。変わった顔立ちの女の子でして、自分の父は海蛇だというのだそうです。そして、その女の子が十五の年に、海寄りの岬のところで投身自殺をしてしまいました。それから曽祖母がおかしくなって、一生狂人で海蛇のことばかり言っていて、狂死したというのです。以来私の家は、どこからお嫁さんを貰っても、どんな激しい恋愛結婚をしても決して家の内がうまくゆかず、いつも夫の方が怒ると、

『ようし、俺より海蛇の方が好きなのか、それなら海にたたき込んでやる！』とうるさく打ったり蹴ったりするのです。実は現在、私の夫も、こうした近代の人間であるにも拘らず、ひとたびけんかになると、決まって海蛇のことを言い出す始末です。住居も、この神奈川県に来ているのに、なお、裏日本の海蛇が、何故かかわらなければならないのか少しも私には判りません。代々こうして祟られなければならないことを他の人に話しても、全く気が変だとしか思われないのです。そこで思い余って、このことを御相談に伺ったのです」

と相手は誠に傷心の様子でした。

「私は判りますよ。海蛇の目的としているところも、その一族の持っている信念も判りますよ。海蛇は元来、南方のもので、平家が滅亡して、平家蟹になったように、この海蛇に入っているものは、日本としては天草の乱の人々です。ですから、再び天下を取りたいという希望を捨てていないのでしょう。私にはその存念が判っています。しかし、だからと言って、あなたのお宅が不和でいいということはありません。出来るだけ、なだめてみますから、まあ任せておいて下さい」

こうして、世にも不思議なことを引き受けて三十五日、幸いにも海蛇の存念はNさんの家から打払うことが出来て、今Nさんは、平和な生活を送っています。世にも奇異なるこの海蛇のことは長く私を考え込ませました。

エアー・マン

奇異なるもののもうひとつに、UFOのことがあります。エアー・マンについてお尋ねの人々があるたびに、私は、全く判りませんとお答えするのです。

ただ、いつかUFOが載っている、これが正体であるというアメリカの雑誌を見た時に、その物体に書かれている文字は、私に意味が判りました。その意味は、つまり、われわれは同胞である。仲良くして、発展のために努めようというような意味でした。つまり、私の知っている文字でありました。どこでこの文字を教えられたのかは判りません。きっと、産まれない以前に教えてもらったものでありましょう。

彼等の住んでいる世界は、私には地球の中部、空洞の世界に思われます。太陽光線の全く入らない世界のようで、彼等は、視力を科学によって作っていると考えられます。

光線の無い世界に住むことによって、人工視力を作ったものと思われます。素晴らしい科学の力量です。

彼等は昔からいて、しばしば、神隠しの状態をもって人間世界に触れていた様ですが、UFOが素晴らしい発展を遂げたのは近代のようであります。恐らく天狗と言い慣らされているものの種類の中に、このエアー・マンがあったと私は考えます。

彼等の科学は、一つの磁気利用の非常に正確なものによって、その活動を為していると考えられ

ます。

地球上では、未だ利用の無い宇宙こそ彼等の辿るコースでありましょう。宇宙はそのまま、彼等のエアー・コースで、即ち宇宙船によらなくてはなりません。どんな接近を地球にしてくるかは、今後の成り行き次第でありましょうが、決して悪意の無いことは判ります。バミューダ海域はきっと、彼等の出入り口になっているのでしょう。思えば、昔、あれほど孤独であった月世界に、人間の紳士が訪れて下さる時代です。生きていれば親愛なるエアー・マンの言葉を解く日が来るかもしれませんが、私自身、その時、人間の言葉も喋れなくなっているかもしれません。

ただ、この地球の空洞の世界について、はっきり私に判るのは、世界の不思議と言われるネス湖は、二重の湖になっていて、狭い一つの通路から二つの湖水が重っていることです。ネッシーはある時、下の湖水へ行ったり、上の湖水に出てきたりしているので、時にある人は見、ある人はどんなに捜しても判らないのでありましょう。

地球人のことは、このネス湖のようなもので、これっきりと、私達の考えていることが全てでありません。もう一つ、下に湖水があるからです。ネッシーは二つの湖水を自由に出たり入ったりします。地球では一つの上部の湖水だけを見て、いたの、いないのと騒いでいます。

今生のことは、これに似ているのではないでしょうか。

こうと決められたことも、必ずしもそうでないかもしれません。そこにすべての謎はあり、無限の面白さがあります。

全ての行ないが残っている

人間の不自由さは、どこまで行っても、ネス湖はあれっきりと決めているところで、どんなにその下にもう一つ大きい湖水があると言っても、誰も本当にしないでしょう。ただ、心霊のことにしても、一般論やありきたりの常識では人に信じて貰うことは出来ません。しかし、これは前にも書いたことですが、他の用件で来られて、話の済んだ中年の小父さんが帰りかけて、お茶を飲んでおいでの時に、私の袖を引っ張って、話し掛けてきたものがあります。犬でした。

「小父さん、何も聞いていないのですが、あなたに用のある人ではない犬があります。犬が言いますには――その犬は胸のところに金色のきれいな毛がふさふさしたグレートデンですよ――」

小父さんは目を丸くして振り返りました。

「犬が言いますには、自分はあなたに飼われて一か月で死んだ。病気は犬屋にいる時からのもので決してあなたの家に行ってからではない。それだのに手厚い看護の上、死んだら庭に埋めて頂いた。有難く思っている。今後は影身に沿って御恩返しをしたい」

と私が言いますと、小父さんはほろほろと涙をこぼして、

「おおそうですか、そうですか。三十万円の犬でしたが一か月で死んで、わたしは可愛くて諦めら

れずにいたのです」

と大層喜んで帰られました。

犬に魂があってかく声をかける力があるか、小父さんに愛情があって良き犬をよぶか、あくまでも心霊のことは、一つの発信と、一つの受信とがあって、その二つが結び合わされてその意志が発動するのです。私に見えるアメリカ、イギリス、ベルギー、アルゼンチン、全ての世界にはその土を踏み、そこに生活を持った人々の今生の命とそこで為された生活があってこそ始めて見えるものです。

貴きものよ、人間の生きの姿よ。

私に見えるものは決して来世ではなく、どこまで行っても今生の姿であります。

遠い昔の人も更なり、あなたの現世を大切に思って下さい。今日あって、その上に明日生きるという大切な事が、あなたには一つのすぎこしであっても、それはすぎこしではありません。一人の人の一つの歴史として、あくまでもこの地上に生きて残されているのです。一杯の水を苦しい人に飲ませた、その小さいようなことでも、はっきりと個人の歴史として消えずに残っているのです。それを思えば、どうして、自分の一生をなおざりに出来ましょう。願わくば、あなた、またあなた、人俗の道を違えず、小さくとも、貧しくともこの人生の片隅で愛深く確かに生きてゆこうではありませんか。あなたも、そして、私もです。

第八章　系　図

守護霊のルーツ

ここに採録いたします家系図は、私が二十家に限って作ったものです。

現在、家をなしている、当主の血脈を辿り、遠く、先祖にさか上ってゆくものです。

まず、当主によって、その家の一番はじめの先祖を見つけます。

その先祖のありかたが判明いたしました上で、その家系の中興の祖である人や、家運をかたむけた人、不幸なまどわしに遭った人など、いろいろの一身上のことが、判明します。

時代は、三十年を一区切りとして、そのあとさきを書いてゆくものであり、当主の守護霊は、その中に出現します。

人はよく、気軽に守護霊などと申しますが、この人には坊さんがついているとか、この人には、行者がついているとか、そんなたやすいものではありません。

何代か以前の人々まで、その家系を明らかにすると、当主の守護霊は、その中にあります。したがって、一家の系統書が出来上った上で、はじめて守護霊は決まります。

私のところで出しました家系層は、各階級にわたっています。

武家あり、農家あり、商家あり、工芸家ありと、各層にわたりました。

守護霊の出た家では、その人物を絵画にして、私のところで、〝御霊《みたま》いれ〟、つまり、入魂の式をします。

それによって、今日までの低調、不幸を、すべて清算し、幸福になった家があります。

御霊いれは、私にとってもなかなか重労働ですので、沢山はやりません。

しかし、やっただけのことはありました。

ここに引例いたします家は、その家人の許しを貰い、古来日本の最も当たり前の一族の家系として、多くの人々に、見ていただくものです。

格別、金銭や、地位、その他今生の栄光はなくとも、しっかりと、極めて平凡に、この人生を生きた人々の、まじめで、しっかりした生き方、それを伝えたいからです。

今生に、まじめで、平凡で、健康で、極めて当り前の生き方の他に、どんな生き方があるものでありましょう。

一の非凡でなくともよい。
千の平凡で、その一生を別れよ。

笠原家家系

一七四五年　延享二年

この年、御前試合のことあり。大殿より命を受け、その審判及び最後の試合を命じられたり、この時の相手は、家老の子息にて、江戸勤番の折に斉藤家の入門を果たし、腕前大層よきという評判の二十七歳の若者也。将来はこの若者、指南役たるべきの評多きにつき心を痛めたり。最後の試合の折、心焦りて、闘いの心持烈しく、若者を死命承知の上にて打ちすえたり、よってその廉《かど》によりて、家老に憎まれ、上意に依りて入牢の上、切腹仰せ付けられたるもの也。よって、このことにてお家断絶、野に下りたるもの也。安芸このとき四十六歳也。この人は初祖にはなけれど、まず初代也。

○　会津城を越して、船引より来りたる（郷士の家也）女にして体格中位、背丈やや高くして、顔細面の、目のはっきりしたる女也。この女は、薙刀《なぎなた》上手にして若き時は、殿の前の女性群試合などに出でたる人也。

この人に子供三人あり、長男はよく出来たる人にて、右筆の仕事をし、お城勤めをす。二番目は

女、芦の牧より本郷に到る。このあたりの役員にして警備の家の二弟に嫁す（この家は現存）

○　三弟は父の死亡の折、修業中にして、家絶えたるとき、三弟、長兄と共に田甫を買いて農家に到る。この人才能あり、経営上手にしてよく母や兄を助け、この家の土台を図る。

○　三弟の妻は、喜多方より来りたる。丸顔、ふっくらとした女性にして、（この家は現存）ここに子供四人あり、この家の長男より次弟に到る。長兄の妻はごく近くより来りたれども子供なし。

——初代笠原安芸は切腹、長兄没年四十七歳、心臓喘息、リューマチス病み、嫁したる人七十八歳老衰。二弟六十一歳中風、妻は六十七歳老衰。この二弟の長男より後を継ぐ——

一七七五年　　安永四年

○　長男、この人背丈高く、顔四角にして口許の締りたる人也。右筆の仕事を致し、文字上手にして、暇のときには藩の若侍に字を教えたる人也。この人、性格温和にして、堅く真面目なる人にて殿の信頼も厚く、この年、藩命として、生絹の規律定めたるとき、この人、その草案を作りたる也。没年五十一歳、心臓喘息也。

○　二本松藩の下士侍の娘にて中背、割合活動的なる人也、この人、裁縫、仕事上手にて、休日には村中の娘に仕事を教えることとあり、ある時、手の先をはさみにて怪我をし、そのことによりてバクテリアが入りて破傷風になり、四十一歳にて亡くなる。この二人の間に二人の男子あり。

事件――この年代に、親族にして農家、それも郷士の家あり、土地を売りに出したる船引の人あり、現当主の母方の実家也。
この郷士の家より土地を買いて邸内を整理し、そこに移転す。この土地高台を背にして、前方やや下り気味の土地也。この土地を隔てて畠あり、畠を隔てて川あり、この時代には、そんなに大川ではなかったが、次第に大きくなりたり。
財――当主、この畠を小作に出すと共に、桑の植付けを指導し、桑の木を増やすことを農民に教えたり。よってこの地方の桑は有名になりて、諸方より、苗木を貰いに来ることあり。

一八〇五年　　文化二年

○長兄　医学を志して、しきりに勉強を致したき由申し、江戸に上りたきことを申し出したり、しかし、母病死して後に家内を取り仕切る者無し、近くの親族の家より（喜多方）女性にして手助けを頼みたれども、父この頃よりあまり健康ならずしてついに志を中止さす。よってこの人独学を思い立ちて白川藩の医家に勉強に住み込みたれども父方、村の農事に係り、人手不足につき、それを呼び帰す。よって書記などして父の手伝いを致すうち、自らの初一念を果たすこと叶わざるによりて、ノイローゼとなり、お城の仕事も退くこととなりたり。この人没年四十歳肋膜炎。
○よって二弟城中の勤めを致し、この人平凡にして穏かなる性格、さして目立たざれども真面目の人也。この人に妻を迎え、はじめて家内整理つく。この人没年七十二歳老衰。
○　東山より来たりたる妻、やせぎす、背丈割合高く、顔は細面也。この人快活にして、話し好きの人也。この人に五人の子供あり。家計、先代の利を生みて豊かなり。子供をそれぞれに勉強させることを得たり。
——六十一歳、心臓脚気及び老衰——

一八三五年　　文政六年
○　長男　若死。
○　次男　代をつぐ、この人中背にして、割合に温和の人也。この人の三十代より天保の不作はじまりて、各戸水争いのことあり。この人、村民に頼まれて水利のことを計り、猪苗代湖より水を引くことに水路の計画ありしがなかなかはかどらず、村民に賦役仰せ付けあり。笠原家この郷の主となりて賦役をまとめて三弟この役に当りし。時に二十一歳也。湖水工事のことに人々を連れて出発し、足場の組み立てに当りて、木材崩れ落ち、頭部強打にて死亡す。よって人々これを惜しみて、領主より戴き物あり。地盤軟弱にして、この工事を中止し、大川より水を引くことに成功す。しかれども干天続きて、水次弟に不足し、当地方も飢饉に洩れることなし。五人の子供のうち女子二人あり。没年六十歳、リュウマチス。

○　次弟の妻はこの地より大川沿いに七里下りたる村より来る。この人、小柄にして、顔丸く、目端の利いた人にて、なかなか多弁交際上手の人にして、村民より主人何かと頼まれる折には、快く執り成したり。この人に子供二人。男、女、没年七十二歳老衰。

○　長女　喜多方より、生家寄りの山道に沿いたる農家。この家柿の木多し。

○　次女　三島。この人侍の家に嫁す。嫁したる先は三島の郡代を致したる家なり。宗像の親族なり。

一八三七年　　　天保八年

天保年代、この時代、干ばつにして飢饉年也、この代の妻、内気にして、いく分内向性、夫、一揆によりて代官所に引き立てられ、未だ罪科決まらざるうち心労のためのノイローゼとなり、長男七歳、長女四歳を連れて親子心中決行。子供二人を締めて自らも縊死致したり。親子心中の第一因縁としてこれを痛むもの也。

一八六五年　　　慶応元年

○　長男　家を相続し、官軍、具羽に入り来りたる時、その食糧及び宿舎の世話を申し頼まれて、よく働く。この代の人背高く、身体締りたる人にして、官軍によく手伝い致し。鍛治屋を連れて来たりてその監督を為し、槍、鉄砲などの故障をなおさせ、屋敷の近くに小さき鉄工場を設けて、そこにて諸事御用を承りたり。自らもその手助けを致し、この人の力強ければ、器用にして人々に喜ばれたり。この時先代の母、帳面つけを致して、子供を助け大いに重宝したり。この代の主人、没年五十歳中風。子供四人全部男子。

○　妻　本宮、ここは官軍の宿舎となりたる具州路の宿場になりたり。ここの鋳物を商う家より来りたり。この人は細面にして無口、あまり感情を表わさない女なれども、この人裁縫上手にて官軍の宿舎にたまりたる繕い物など手伝いて夫を助く。この代よって、銀一貫下げ渡し相成りて、感謝状を貰う。よって笠原の家、大いに名を挙げたり。

○　妹　この人は大川沿いより来る母方の母方長姉の世話に依りて柳津の郷士の家に嫁ぐ。この家古くより三島の親族。宗像家などと交際あり。共に旧家にして、なかなか出所のやかましき家なれば、農家なれども笠原家の如く由来正しき家の者にてなければ嫁にとらざるなり。よってこの代の格式正しきを明らかにするもの也。

一八九五年　　明治二十八年

男子四人の中、三番目にて相続す。上一人は四歳にて早死にす。次の一人は本家の後継ぎに出す。よってこの三番目は農業をし、傍ら、今だ農具のことなど村民相談に来りたるに依りて、その道のこと詳し。

この人背丈高く、無口なれども、正直なる人也。この人の三男にして笠原市三となる。（明治三十三年生）

○　妻　会津河東よりの村の庄屋より来る。来るとき十八歳、やせぎす、あまり大柄ならざる女也。顔立ちよろしく、やさしき人なりしが、四人をもちて後、（他三名病死）七人目のお産で難産にて死亡す。この人は最大の努力を払いたるにかかわらず、産前産後の休息をとれずして、死を覚悟して働き、出血多量のため遂に命を終りたり。三十三歳。

――（他三名病死）のうちの一人、明治二十三年生まれにして、笠原家長男と考えられる。十六歳の折、家屋改修のことあり。山より木材を切り倒して運びたるを、物置小屋に入れてありたり。ある時、この人家長の申しつけにて、小屋に入り、入用のものを選びたるとき、木材突然に崩れ落ち頭より右肩を打ちて挾み、事故死したるなり。この人、縞の着物に半天を着、黒っぽい布にて頭を包み、首に手拭を巻きてあり。丸四角の顔にておとなしき人也。――

――笠原家本家にして大正初年の頃、附近に嫁し、姑との折合い悪くして家を出され、実家に帰りてノイローゼの後、大川にて子供（男子五歳、女子四歳）と水死す。――

○　難産で死亡した人の後、三年にして、柳津近くの家より後妻来る。この人は中背、やや肥えたる人にて一度嫁して戻り、しばらく一人にていたるところ、当家より話しありて来る人也。この人四人の子供を育てる。

笠原家は、中産以上の侍の家であって、日本の武士階級として、まず代表的な、時代と生活と、その歴史を持った家です。系図書は各層に渡りましたが、この家系あたりが、最も日本の平凡にして確かな家系書であると信じて、これを採録いたしました。他二十家系がります。（筆者記）

宗像家家系

一〇七一年　　延久三年

（宗像家初代）

仁和寺は、白河法王によりて始められ、後、陸軍本営の如き散集所をここにおきたり。当時武士を東西南北に派遣致したれども、北方領地への派遣は中堅にして、その土地の司となるべき人物ならざるべからず。よってその北面の武士になりたるものは、栄誉、子々孫々に至るとされたるもの也。

宗像家は遠く仲哀《ちゅうあい》天皇より出でて、その臣下に下りたる王子あり。その子孫なり。代々武士も出で、いくさ人も出で、平和時には京都伏見地区に農を営みて家を続く。時折皇家に仕へ奉る人も出て冠婚葬祭には臣下のみの列ならず。

初代曰く

わたくしに三子あり。男二人、女一人、わたくし没年六十二歳、脳卒中。

○　妻　いさ（勇）背丈割合高く、すらりとした人にて、髪の毛濃く、目鼻立ち普通、裁ち縫いの仕事上手也。

長男、家を継ぐ。

次男は、他家へ養子にゆきたり。

娘は当時交友ありし京都に嫁ぐ。

わたくしをもって宗像の初代たるを任じ、今日の御供養かたじけなく存じ候。よってわたくし知れる限りは物語りいたさむ。

一一〇一年　　康和三年

親族として参列致したる上部もあり。そのこと宗像家の語り草なり。よってそのことを重々申し上げたし。

わたくしは三十一歳、選ばれて北面の武士たり、当時北面たるは一に武術、二に作法、三に心得、この三条件を兼ね揃えたる者に限りたり。わたくし年若き方にて、早速ながら、平（福島県）

に上陸、船団を帰し再び故郷に帰るまじき志にてこの地の住居をきめたり、お長家は、会津中心地より西に配分され、東西にひろく翅《よく》をなし、わたくし従卒三十七名、内秘書二名、軍舎の一方の長たり。年若けれども有能の誉ありて身にあまることとなり。（中背、からだしっかりしてかなり二枚目、目はっきりと張りて色白し）この地在住五年。三十六歳、土地郷士の娘を貰い、私宅を賜う。

この年代より十代、三百年は平凡にして事件無しとみることにより、この間を切り捨てます。あまり長くなってもとの考慮によります。（筆者明記）

一四八五年　　文明十七年
宗像家、この折は、会津高田町赤留に土地を求めて、そこに先住者を置きてなお、侍屋敷に本拠をおきたり。この代の人未だ侍なり。年齢四十五歳、中背、体格よく赤ら顔なり。
○　妻　会津本郷より来る農家の娘なり。この人、背丈高く、細面なり。割合無口。この人に三子あり。
○　長男家を継ぐ。
○　次男　郡代屋敷の上之山という家に養子に入る。この実現存す。

○　長女　この人病身にして終生嫁がず、四十三歳にて脳膜炎にて死亡す。

一五一五年　　永正十二年

長男　いまだ侍職を解かれず、よって高田町赤留の土地には親族の老人夫妻を住まわせ、やがて職を退きて農に下りたき由、上進致しましたるところ、当人老年に至りてそれを承引致されたり。よって、一家をあげて赤留に到ることになりたり。

○　妻　この代、妻、赤留の近き村より来る。肥えたる背丈高き女也。顔丸し。子供六人あり。男三人、女三人（内女二人赤子にて欠く。腸疾患也）。

○　長男　ノイローゼにて家を継げず。

○　次男　相続す。

○　長女　侍屋敷の上部次弟の婿にゆきたる上之山家親族に嫁ぐ。――この家存続す――

一五四五年　　天文十四年

当主、中背、身体締まりたる。顔立ち良き人にて、在職中、脳いっ血にて倒れたる父の看病をなして、一同中止に引上ぐ。これより十年を休職に当てて、よく土地家屋のことを整理し、病中の長男のために別棟を立て、これを隠居屋と為す。長男五十八歳までの長命なれど、何も為さず終る。

○　妻　上之山家親族より来る。この人は背丈中背、上品なる女にして髪濃し、この人子無し。

○　養子　侍屋敷に残りたる親族の家より養子来り。家内の末妹を嫁にして家を継ぐ。

養子年齢二十五歳、丸顔背丈高くして、なかなか貫禄あり。農を専らにして、この代郷土の資格を貰う。

子供二人、男一人、女一人。

一五七五年　天正三年

この代の人、働き者にして郷士の役をよく果し、東北方面に戦乱の落武者あれば、これをよく世話し、それらの人々に生活の資を与えて、これを農業に就かしむ。小作、次第に増え、この時土蔵を建て増して、これを賄う。

○　妻　三島村郷士の家より二女来る。背丈高く、やせぎすにして、勉強好きの働き者にて、村童の手習い、裁縫を教えて好評なりき。戦乱の落武者の家族をも世話をして、裁ち縫いの仕事を与え、生計をみたり。

この代、家大いに栄え、東北奉行より村民の為尽したりと賞を受く。

子供五人あり、男三人、女二人。

男子一人欠く、はしかなり。三歳。

長男相続す。

一六〇五年　　慶長十年
長男相続、この人背丈中背なれども、からだしっかりした人にて、智能秀れた人なり。

この年、朝鮮に動乱あり、日本に攻撃し来るの話あり、幕府方にも日本全国に自警団の如きものを作らせる件あり。民事警察の始まりなり。この家の当主、幕命によりて、人々を集団として集め、これを引き連れて、近海警備のために出陣す。

このあたりより夏井川沿いより平港の海上及び沿岸の警備の仕事として三年間の出張警備の仕事あり。

〇　妻　岩代村より来りたり。小柄の女にして顔丸く、おとなしき女也。当主留守中をよく守り、附近の人々とも付き合い上手也。

当主没年、四十九歳、肝臓病。妻、喘息、五十一歳。

子供二人、男一人、女一人。

一六三五年　　寛永十二年

長男相続す。

この年より海備のこと完成すると共に、幕府は鎖国主義となりて日本中にその令をひく。武芸次第に盛んになりて当家は先代の遺言によりて邸より少し離れたるところに武術、学門の道場をひらく。

この道場は宗像道場と申して、当時としては建物も、五間間口の広大なるもの也。当主、背丈高く、顔四角くして、なかなか偉あり。剣道を、東北の雄とする宇都宮某に学びて、免許皆伝なり。学問の師として、奥州白河の住人を迎う。この学問の師の後に新井白石出でたり。
○　妻　長沼村より来る。礼儀正しき人にて、声すこぶる良き人なり。当主、六十歳、脳いっ血。妻、三十歳結核にて死亡。後妻来りたり。後妻に子供三人あり。全部男子。

一六六五年　寛文五年
長男、十七歳で事故死。崖より転落死す。この時地理学盛んにして、先生に就きて実地踏破のお供をしたるに、東北の山嶺地帯に行きて、測量中の事故也。この時、長男と共に二十七歳にして、地質学を学びいた会津藩の若き学者乾（いぬい）某、長男と共に遭難す。
父、在世中なれば、ねんごろに葬い、この師、身寄りなければ、宗像家の墓所に埋葬す。
○　次男、相続のはずなりしが病弱、麻痺性の病気也。よって三男相続す。

○ 三男、学問の方は好きにて、学問所は続けたれども、剣道の方はたたんで道場を村の手習いの寺小屋に貸す。この寺小屋の師に来りたる浪人の娘を貰いて妻とす。浪人、関西方面より来りたる人也。妻なく娘一人につき、宗像家にて終りをみたり。七十一歳。
当主、六十五歳、喘息。妻、破傷風、六十一歳、当主より五年遅れたり。この夫婦には子供なし。

一六九五年　元禄八年
この代は農業と手習小屋をやりながら、生活を為す。当主、老人となりて子なし。よって会津若松の遠縁より養子を貰い受く。十三歳にて来りたるこの養子、なかなか利発にて、顔立もよろしき男子なり。近くの親しき家にして、炭焼きをしたる家より七歳の女子を婚約者と決めたり。この二人、成長して夫婦養子となりたり。
当主四十七歳、心臓病にて急死、妻六十九歳まで長命。子供四人あり、うち男子長男、消化不良にて七歳にて死亡。三男、はしかにて取られたり。次男相続す。

一七二五年　享保十年
会津公、築城御物替につきては木材を広く木曽に求む。
このとき当主体格大にして背丈高く、なかなかの人物なり。木材買出しの仕事なかなか難事なり。会津より太平洋に出でて、海路名古屋に到り、そこより上陸して木曽路にかかるべし。
費用人足をどの位にて整え上部に上進すべき由、申されたにつき、当主その計算書上手なり。よって農民の中より人物を募り、それを集めて仕事に就く、この仕事三年にて完了の折は、上より賞状ありお誉めの言葉を戴く。
○　妻　近くの農家より来る。この妻の兄、木材切り出しの仕事を受けて義兄を助くること大なり。
当主没年、五十歳、妻、六十五歳、子供二人あり。

一七五五年　　宝暦五年
当主、阿武隅川治水工事に木材の搬入を受持ち、そのままこの工事の責任者となる。自己の土地より出稼人を集めたり。この代宗像の当主、大柄にして背丈高く、やや肥り気味にして、治水工事の現場監督として、なかなかの腕前なり。同じく同地方にてこの治水工事を受持ちたる人の方に仕事人の反乱あり。十数人現場にて乱闘し、死人も出でたるが、合計十七組の組頭として宗像家の当主の引き連れたるは、なかなかの統率をとりき。藩よりお誉めの言葉を戴き、銀十枚の下賜あり。
当主一代そのことを誇りと為す。
○　妻　二本松のやや東方の村より来る。
子供四名、男三名、女一名。

当主、五十一歳、中風。妻、六十歳、老衰。

一七八五年　　安永五年

当主は長男、はしかにて七歳没——この子なかなか頭良かりしなり。次弟、望まれて上役の家に養子にゆきたり。よって三男相続す。この人やせぎすにして背丈高く、なかなか端正な顔立ちなり。阿武隈川の治水工事、この人の少年の頃終りたり。よってこの代は猪苗代湖の治水埋立ての工事に頼まれたり。附近の農家はこの頃より作物の出来あまり良ろしからず。この年は何の故にか、桑多量に枯死したり。よって蚕食なく幼虫にて死するもの多し。さなぎは、まゆをつくること叶わず、よって河川にこの死にたる蚕を捨てること多いなり。せっかくの工事、そのため、しにくくなることなどありたり。

当主長命にて七十五歳。妻、南福島より来る。子供三人。男一人、女二人。

一八一五年　　文化十二年

当主、長男相続、この代の人は慈悲心深くして、蓄え米を村民に配り、大いに尊敬されたり。三子ありしが、次男を江戸に出して勉強させたり、（この次男なかなか将来を目され、江戸城の右筆たり。多才にして人々に高くその才能を買われたり。よって深川の商家より嫁を迎えたれども三十歳にて結核となりて死亡す)。この次男の嫁、福島に帰りて家を助け、長くこの土地に生活し、達筆をもって子供たちに手習いを教えたり。

○　長男の嫁、この代の嫁は、佐竹藩・秋田より来り、背丈高く、細面の人にて、目のきれいな人也。

当主没年、六十一歳。妻、五十歳。

一八四五年　　弘化二年

この代、婿養子(慶吾)なり。会津の造酒家にして、生江家なり。この家、町にても一、二といわれたる家なり。前年、飢饉の年、宗像家先代よく貯蔵米を廻してくれるによりて、その礼心もありて、自分の子息を養子にくれたる也。この若者、体格よく、頭脳もなかなかよく、家業に励みて老夫婦を大切にし、この代、富を成して山林を買いたり。

○　妻は、新田家より来る。おとなしくして、よく家事をなしたる人也。裁ち縫い上手なり。この人四十歳、病没につき、後妻をもらう。この代、先妻に男子二人あり。

当主八十七歳、老衰、この人七月十九日、夢に来りて、かよ子に礼をいいたる人也、(五十、七、十九)これによりて七月二十一日、かよ子墓参す。

(宗像家よりの御礼の使用としてこの老人の参られたるは、七月十八日、深夜――つまり十九日午前三時半にして、老人は実に行儀正しく立派なる人なり。背丈普通よりやや高目、身体締りたる首のしっかりした細面、目、眉のあいだ涼しく立派な容貌なり。声爽かなる人也。

この人を迎えたるは、総檜造りの大きい家にして、広き室内に上って戴きたり。老人、笠原家かよ子の供養をねんごろにいたしたるを謝し、又、このたびは、わざわざ墓参りに来り下さる由なりまことに有難し。東北にては、かほど位のある供養をいただくは、宗像及笠原の一族なり。主人、藤原家にても、さぞ喜ばるることと存じ、あつく礼を申す由語られたり。よって一同にて赤飯をふかし、かよ子熱心にこれを折りに詰めて東北方の御一同にと、さし出すを、老人厚く礼を述べて持ち帰なるることになりたり。

老人に面接、礼を述べられたるにつき、かよ子は今夏約束を果し申すべく、今生の一同の健康開運を併せて老人の加護を頼みたるもの也。

昭和五十年七月十九日、於さるはし　六代目　てるよ姫　これを記す）

一八七五年　　明治八年

長男、宗像庄次、家を継ぐ。

――庄次の弟にして斎藤家に養子に行くる者あり。先祖斎藤又右衛門、弓術指南にて、誇り高き男なり。三十八歳。元禄三年、御前試合の折、誤って殿の側近、十七歳の小姓の眼に矢を誤って射かけたり。小姓、特別殿の御寵愛深きに依り、謹慎切腹申しつけられたるもの也。よってその因縁によると現れたり——。

一九〇五年　明治三十八年

長男庄三、家を継ぐ、庄三兄弟姉妹十名あり、五名、幼くして終わりたるによって供養す。ための笠原家に嫁す。ふみ、入江家に嫁す。庄三中風、六十一歳。

昭和五十年七月二十一日、夜より福島に到り、先祖の系統垣を各家にて、跡取りに被見し、供養についてよく物語りを致したり。よって笠原かよ子、先祖供養を終りて墓参致したり。後継ぎにありては、両家にてよく歓ばれたり。よってその責任を果す。

仲哀天皇より出でてあるこの家は、多くの天皇家を出典とした家系として、面白いものと感じられます。よって、家人の許しを得て、ここに採録いたしました。（筆者記）

第九章　結　論

因縁もまた生きる者と同じく

さて、この著作を結ぶに当って、これまでの私のこの書き物は、一つの結論がなくてはなりません。

それは、因縁による憑霊というものは、何を絆として、存在するかということです。人に、何かがある、その何かを、土台として、絆として、すべての憑霊は、来たるのであるということです。

土地、勿論、地霊があります。水死の場所、事故死の場所、殺されて、埋められた場所、もしその土に、血が浸み込んでいれば、そこには憑霊があり得るのです。

地縛霊とは、水死、または自殺、事故死によって、そこに血の流れが、土に浸み込んだときに始まるようです。

同じく、家、屋敷、蔵や、離れ、茶室などに浸み込んだものが、家の霊ということになるのです。物語によく出てくる、家や屋敷の霊は、やはりそこに住みついて、その人々の血液が、その家のどこかにはっきりと残存し、それに心霊が入っているからでしょう。

よく、没落した家の人々が、その屋敷を手放してからも、幾度も幽霊となって歩き廻るというのは、残存する意識と、意志とが、血液から出て、その家屋敷に残っているからです。

そして、それらのものが、人間に伝えたいと意志するところのものは、世間でいうように恨みなどばかりではありません。恨みであると決めるものは、人間の物質欲であって、魂の意図するものは、この世への思慕であって、決して恨みばかりではないのです。そんなはずはない！　恨まれるわけはないと、私の机の前で、わめく人もありますが、私は決して、憑霊が恨みとばかりは考えません。むしろ、懐しさ、寂しさ、そして愛、それは現世の人間と何の変わったところがありましょうか。少しも変わりがありません。何故ならば、死者といえども生者と何の変わりもないからであります。死そのものが、救いと信じるのは生きている人間の観念であり、教示であり、決め方なのです。何で、今生にて救わざるもの、死によってのみ、何の救いがありましょう。形の上の儀式によって、何の真心もないおくり出しによって、何で人間が助かるものでしょうか。生者、なお何の救いもなし。まして、死者においておや。

血液の中にこそ霊は住む

生きている年月に、自らを救い、まことの安心立命に到らずして、死して、何の救いがありましょう。現身の肉体が滅亡しても、魂が残っている以上、今生の願いも悲しみも、どうして肉体と一緒に無くなることが出来ましょう。人間としての生命が、子孫にその形をもって残ってゆく以上、人間の考え方や、その生涯の意志力、決め方がどうして残らないということが出来ましょう。あなたの中に、愛する母がはっきりと残っている以上、それこそは母の霊でなくてはなりません。ある時、その母親のなしたる如くに、あなたが着物の着方、食べ物の作り方、または、家の中の片付け方に、母親とそっくりのやり方をする時、それこそは母親の憑霊でなくてはなりません。そして、それこそが、血液の中に母が存在するということであります。

憑霊とは、そのことをいいます。すべての憑霊は、血液の中に存在して、人の生命を保存し、営ましめ、愛をも悲しみをもすべてを型づくりして、生活させてゆくものです。

もしそれ、血液をみんな絞ってしまえば人間は即座に、命を失ってしまいます。そして、その血液はどこから来ているものでしょうか。遠い先祖から来ているものです。人がもし、木の股から生まれて来ているのならば先祖を否定も出来ましょう。しかし、人が木石から生まれて来ない以上は私達は、祖先を否定することは出来ません。祖先を否定することが出来ない以上は、私達は憑霊を否定することは出来ません。

私のいうことは、良い憑霊を十分に保存して、自分の中に祖先を生かし現わしてゆくためには、悪い憑霊を取り去らねばならないということを言っているのです。心の正直な憑霊、物事を実にきちんと整理する憑霊、それらは必ず大切にしてゆかねばなりません。しかし、すぐに立腹する憑霊、じきに頭の痛くなる憑霊、そんなものは、足の年中痛いなどという憑霊と共に、早速取り去ってよいものではないでしょうか。人は何故、良いことだけを貰って、悪いことは死によって、その祖先から来ないものだと決めているのでしょう。稀にはこの頭痛は、「母親からの貰いものです」と割り切っている人もいます。もしそれなら諦めてしまわないで、私にそれを打ち払わせて下さい。それは供養をして、すぐに打ち払うことが出来ます。

すべての因縁は、血液の中に存在して供養される日を待っています。あなたは、あなたの血液の中の先祖を供養しなくてはなりません。良いところだけを貰って済ましていてはならないからです。自分の中にある先祖を知っていなくてはなりません。祖先は、あなたと他人ではありません。あなたの中に在る祖先の因縁、それを供養しなくてはなりません。あなたの中にある祖先の病気、痛み、不自由、それを供養しなくてはなりません。そして初めてあなたは、祖先の良いところを貰うことが出来ます。祖先が為したるあやまち、為したる不幸を供養し、打ち払うことによって、あなたは初めて祖先から自由です。祖先に、嫉妬のために人を殺した人を持っていて、現世でなす嫉妬のための不幸がとれない人々や、祖先に、愛慾のための間違いをしでかした人があって、同じく、夫との三角関係に苦しんでいる人などを私は沢山知っています。日本人ほど不思議な人間を私は知りません。こんな人達こそ、前世の報いとか、親の因果とか、よほど先祖は悪いことをしたのだろうとか平気で言っているくせに、なかなか血液の中の因縁を信じません。自分は先祖なしに、単細胞で生まれて来たものだと内心は思っています。せめて、常識で言っているように、先祖の悪業を恐れるのならば、自分の代で供養打ち払いをすべきです。極めて科学的に、極めて実際的に、先祖の何が自分に存在するさわりであるかを確かめて、その供養打ち払いをなさって下さい。せめては、私の生きている間に、その確かな祖先の姿と言い分を尋ねて、その整理をしっかりとして、良い、明るい、朗かで力強いあなたの人生を勝ち取って下さい。

新しい　うた

麦はその根から力があふれ
光の中に
みどり深いその穂先をそろえる

風はしばらく　麦畠をわたり

やがてふと　風のとだえるとき
みよ　空高く　ひばりが　昇る

きこえるか　その新しいうた

ひばりは　つめたい土の中の
麦の根の　巣からとび立って
小さい全身に　日光をはじかせ
声を　澄ませて　春のうたをうたう

きこえるか　その巣立のうた

空は　ひろく　地平線の山々は青い
目を細めて　その姿をさがせば
新しい世紀のつばさをはり
声　高々とさえずる若鳥よ

きこえるか　その力のうた
新しき出発

新　月

わがために弓をとれ　新月よ
わがために　弦をはれ　月よ

はかなく生きる　わが月のため
新しく　弓をとれ　夕月よ
わがゆめは　こまやかなれど　世界大に
つらなりて　つよし　ここに新しく

新月　においうすく又つよく
わがために　弓をはれるきわみにて
ひとり生きるいのちのはてに

うれいあり　香あり　力ありて
弦　わがねがいなる人間の苦悩に鳴る
いま　人間の苦悩を抱かずして
いつの日　そのために　いのちささげむ

わがために　弓をとれ新月よ
わがために　弦をはれ　夕月よ
生きよ　いのちを献ぜしめよ
その苦悩ゆえに　舞はしめよ

祖先の血・子孫の血

不思議な、新しい力がだんだんと湧いてくるようで、この結論を書く時には自分の力が、大きいものと合致してくるのが判るのです。

けれども、その力をどの時点で一致させるかということになると、まだまだ不安です。

それは、視えるという自信と、それを人に納得させられるという確信が一致しないのです。

科学が今ほどいろいろの発明をしなかったときに、テレビの話をしても誰もそれを信じはしないでしょう。ですから私が、憑霊の話をしてもすぐに信じてもらえるとは思いません。しかし、憑霊というものが血の温もりを頼って来るものであり、その血の性格が自分に一番似た家族が出来るとそれに頼って現われるものです。

血液型をいっているのではないのですが、もし、そのかかわってくる亡き人と、かかわられている現存の人とのあいだには、もしかしたら同じ型の血液の流れがあるかもしれません。故人の血液とそのかかわられている人の血液とを比較してみる自由が私にないのではっきりとした結論は出せないのですが、もしそれを調査する方法があったら、何か科学的な証明もとれるかもしれません。

私は十年以上も肩こりだの足の痛みだのといっていて、医学でははっきりとした病名を出してもらえない人を沢山知っています。そしてその人々は現在、供養打ち払いによって回復し、健康になってゆきつつあります。それらの人が供養で健康になる時には決まって、下痢だの、風邪ひきだのをしばらく経験しなくてはなりません。因縁の立ち去る時の闘いは、人によって、なかなか強い時もあります。けれども、因縁の深さ、浅さを言う前に各人に言えることは、一つのことわざにあります。

つまり、〝天は自ら助くるものを助く〟ということです。何事にも甘ったれて、世の中に対してたかをくくっている人間は、万事社会のことに限らず、因縁においても十分の成果をあげることは出来ません。

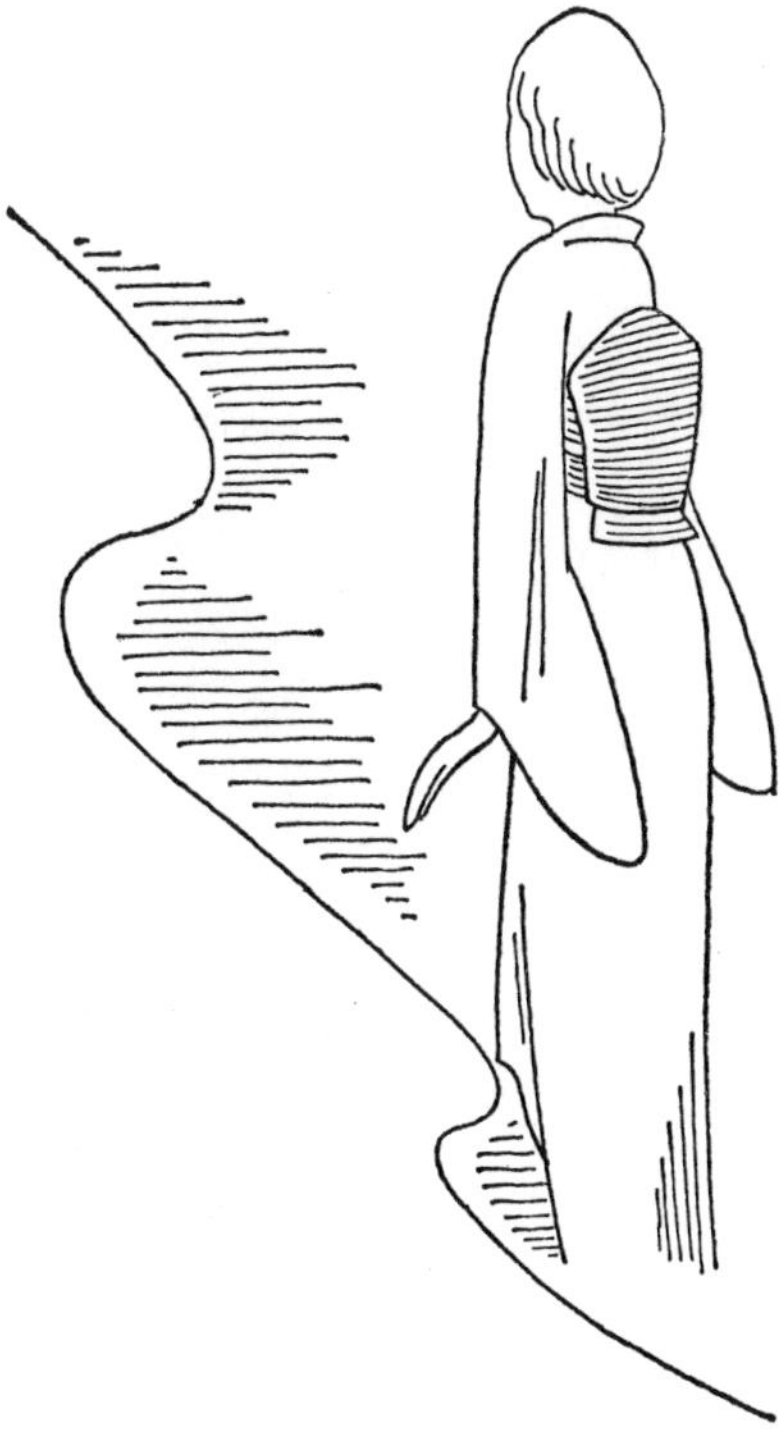

一に医学、二に因縁。文句を言っている暇には治療をし、あわせて因縁を取るだけの誠意と心構えが必要なのです。

自分の運命にしっかりと立ち向かって物事を甘くみたり、打っちゃっておかないということです。いつも全力を尽す姿勢こそ大切なことであるのは、現社会の生活も、憑霊の世界も同じものであります。

つくづくと因縁を司ってみて判ることとは、人生が十分に生きられなかった人が、多分に因縁となって残っているということです。いつの場合にも、ことのはっきりとしない、未練あるぐずぐずした性格が、やはり因縁として残っていることが多く、自分のことは自分でやってゆく力のある人はやはり現世にも、来世にもすっきりしているということで、死者も、生あるものも、少しも変わっていないということです。

死者が死によって、すぐ成仏したりと考えることは生者の大きな間違いであって、決して死者自らの申した言葉ではありません。そして、ここが一番大切なところではないでしょうか。

命とは何か？　ここで改めて考えてみましょう。その起源や成立はしばらく置いて、私は何を命とするかを決めてゆこうと思います。

私は、命は血液であると信じます。

同時にそれは、祖先から貰って来たものなのです。そしてそれは、良い方をも悪い方をも共に貰って来ているものであるということは、万人の知っているところでしょう。

因縁の手当

あなたよ、何よりも因縁を――つまり悪い因縁を憎まなくてはなりません。しかし、肉体の病気に医学が第一であるように、因縁にも手当が大切です。先祖の下さった血液は永遠のものであってその永遠こそは先祖の下さった命なのであります。その永遠を守るために私達は、肉体の手当と共に、因縁の手当をも施さなくてはなりません。そこに初めて先祖を確かに、しかも確実に守るための全き保存があるのです。

それなればこそ私は、医学第一、因縁第二とその両立を論じて止まないのです。全き人生をあなたが送りゆくためには科学の名において、因縁および憑霊を成仏させてゆかねばなりません。そしてそれは可能であるからです。

祖先の存在を信じなくてはなりません。同時にその悲しみ、その幸せを信じなくてはなりません。誰か人生を永遠と申すべき、それは、人間の中を流れる血液が、遠い遠い原始人の昔から文明人の今日に到るまで、善をも、悪をも、倫理も、不倫をも、喜びをも、悲しみをも全てをとりまとめてそれらを含んだものであり得るからです。

血液！　この限りなく尊きもの！　この一滴を惜しめ！　誠の平和とは、人間が、争いによってこの大切なるものを流すことなく祖先の血液を守るところにあるのです。

むすび

この書を終わるに当たって、私の手がけている問題は、決してこれが結論ではないと深く考えるものです。

その昔、テレビのなかった時代に、もし画面が口をきいて、あらゆる表情をして、さながら地球の裏側の出来ごとを、茶の間に坐って、朝のお茶をすすりながら知ることが出来るという人があったら、その人は、狂人と言われたに違いはありません。

人間が必ず空を飛べると言って、牢に入ることのみならず、処刑された人があった時代さえありました。

人間の中に、肉体の遺伝の他に環境に遺伝があり、それらは肉体と同じく、血液を通って遺伝して来るのであるなどと言ってはそれこそ、怒られることもあるでしょう。

常に人間は、万物の霊長でなくてはならないというのが人間共通の思想であります。決して狐や、蛇や、鯨や、熊などに災いをされないというのが人間の思想です。けれども生物はみな同じく共存共栄であるという考え方もあります。

その共存に引っかかって、動物の因縁が人間に来ているものも沢山あります。一匹の蛇を無残な殺し方をして、そのことに長く苦しめられている人も沢山あります。猫を、無残な殺し方をして、後半生をびっこを引く人もあります。

そんなことをいうと怒られるかもしれません。けれども、その蛇なり、猫なりを供養して、その苦痛を取り去ることが現に出来るとしたら。要は、苦痛を取り去るということに必要性があるのであって、蛇にあやまろうと、猫に渡りをつけようといいではありませんかというのが私の考えです。何も打ち殺したからといって、猫は人間より以下のものだ、恨まれる筋はないと仰るのならばどうか、御遠慮なく足を不自由に引いていて下さい。一向に私は構いません。けれども、もし生物共存の思想に立てば、生あるものを自分の一時の怒りや気まぐれで殺しても良いということは成り立ちません。すると、人間の利害打算で長い殺し合いの続く戦争はどうだと、お尋ねになる方もあると思います。

そうです、そのためにどれほど、人間が不幸になってゆくことでしょう。人間の持っている闘争心、名誉、所有心、そして、そのあらゆる悪いものによって成り立っているのが戦争です。殺さなければ生きてゆけないもの、慈悲や、愛情では生きてゆけないもの、それらによって人間は進歩し、成長し、そしてそれらによって人間は、滅亡され、失われて来ました。

この繰り返しの不幸こそは、人間の持っている因縁に他なりません。果たしてそれのなくなる時は来るでしょうか。それはなかなか来ないと考えます。そして、人間が愛情や、優しさ、共存の精神だけになったときは、人間が終わる時なのかもしれません。この悲しい宿命こそ、この救いなき人間こそ、真の人間の姿なのでありましょう。千万の因縁に苦しみ、自分をも人をも苦しめてゆくのが人間の生き様であるのならば、せめてはその生き様の中に因縁の解消を願わしめよ、でありましょう。よしんば、霊魂が不滅であると同時に、人間の因縁が不滅であるにしても、不滅なるものと永遠の願いをもって叫ばしめよ、であります。

私が、私の命の間に精限り、根限りに、その人間の因縁と闘ったにしても、この限り無きものの何万分の一でもありません。けれども、それは、因縁であるからと手をこまねいて、諦めることはありません。諦めるということは一番の退歩であると考えます。

高く、強く、理想をして追わしめよであります。

人間の不幸について、命の限り闘わしめよ、であります。

私の考えていることは、夢に似ているかもしれません。けれども、何故、夢であってはいけないのでしょう。夢がいけないということは、それが現実にならないからというのでありましょうが、現実にどれ程の価値があることでしょう。平和こそ人類の理想であるということは一つの夢に過ぎないでしょうが、戦争の悲惨な現実のみが人間のありのままの姿であると決めることはありますまい。よしんば永久に叶うことがない平和への願いであったとしても、たった一度より生まれて来ない、この人間としての現実の前に夢でも、憧れでも人類の幸福をどうしても願わないわけにはゆきません。そして、それこそは、人間を業から救う小さい一つの夢であって良いと信じるものです。

〈著者紹介〉

竹内 てるよ（たけうち てるよ）

明治37年12月21日、北海道札幌市に生まれる。幼いころから病弱で10歳のとき上京。日本高等女学校を卒業間近で療養のため中退。3年間の婦人記者生活を経て20歳で結婚。1児をもうけたが結核のため25歳で離婚。以後、闘病と詩の創作に励む。平成13年2月、96歳で永眠。

主な著作として、『人霊依存の正体』『いのち新し』（たま出版）のほか、『詩集・花とまごころ』『静かなる愛』『海のオルゴール』（昭和52年連続テレビドラマ放映）などがある。

わが子の頬に

2002年11月15日　初版第1刷発行

著　者　竹内 てるよ
発行者　韮澤 潤一郎
発行所　株式会社 たま出版
〒160-0004　東京都新宿区四谷4-28-20
☎03-5369-3051（代表）
http://www.tamabook.com
振替　00130-5-94804
印刷所　株式会社平河工業社

ISBN4-8127-0163-5 C0092

たま出版好評図書（価格は税別）

インナー・ドアⅡ　エリック・クライン　1,553円
アセンド・マスターたちから贈るメッセージ第2弾。公開チャネリングセッション集

フェローシップ　ブラッド・スタイガー　1,600円
宇宙叙事詩の光の扉が今、あなたの前に開かれる！

アルクトゥルス・プローブ　ホゼ・アグエイアス　1,845円
火星文明の崩壊、砕け散った惑星マルデクを含めた太陽系の失われた歴史

プレアデス・ミッション　ランドルフ・ウィンターズ　2,000円
コンタクティーであるマイヤーを通して明かされたプレアデスのすべて

ヒーリング

超カンタン癒しの手　望月　俊孝　1,400円
レイキ療法をコミックや図解でやさしく解説した入門書の決定版！

合氣道で悟る　砂泊　秀　1,300円
合氣は愛であり和合である。本物の合氣道の真髄を説く

気療　神沢　瑞至　1,200円
自然治癒力を高める「気」を引き出すためのトレーニング方法を図解

単分子化水　六﨑　太朗　1,200円
環境ホルモンを撃破し、自らマイナスイオンを発生する新しい「水」の解説

ペトログラフの超医学パワー　吉田　信啓　1,600円
ペトログラフ岩に込められた原初宇宙パワーが難病を癒す！

癒しの手　望月　俊孝　1,400円
欧米を席捲した東洋の神秘、癒しのハンド・ヒーリング

波動物語　西海　惇　1,500円
多くの人を癒してきたオルゴンエネルギー製品の開発秘話

バージョンアップ版　神社ヒーリング
山田　雅晴　1,400円
神霊ヒーリング力を大幅にアップさせる画期的方法を初公開！